KB216547

오늘도 쓰담쓰담

김성욱 그림
임윤정 글

이누·아리·두리와의 일상을 쓰고 담다

상상출판

사랑에 빠지자
모든 게
달라졌다

이누야. 엄마랑 처음 만난 날을 기억해? 엄마는 완전히 기억해. 너의 존재에 감사할 때마다 하도 그날을 꺼내봐서 그런지 어제보다 더 선명하고, 떠올릴수록 명확해지는 것 같아.

둥글둥글하고 포동포동한 몸. 한시도 멈추지 않고 움직이던 발과 꼬리. 널 처음 본 순간을 생각하면, 네가 우리를 선택한 건 아닐까 싶어.

'이런 거 귀여워해? 이런 거 좋아하는구나? 그렇다면 백 번이고 흔들어줄게. 파닥파닥. 귀엽고 통통한 이 꼬리.'

너는 정말 사랑스러운, 완벽하게 엄마가 그려왔던 '이상견'이었어. 마치 원래부터 사랑해 온 것처럼 엄마, 아빠는 널 더없이 사랑하게 돼버렸지. 원래부터 그렇게 정해진 것처럼, 아무

망설임이나 거리낌도 없이 흠뻑 말이야. 너는 그렇게 엄마, 아빠의 가족이 되었어.

온 집안의 사랑과 관심을 받는 사랑 덩어리. 소중한 내 강아지, 목숨 같은 내 아들. 사랑을 줄 대상이 필요해서 널 데려온 줄 알았는데, 실은 사랑받고 싶어서 널 데려온 건 아닐까. 바위를 뚫을 기세로 하염없이 물줄기를 내리붓는 폭포처럼 너는 다른 곳에 시선을 돌리지 않고 온 마음을 다해 엄마 아빠를 사랑해 주었지. 외로움이라곤 차마 들어올 틈도 없게 사랑이란 빗장을 단단히 채우고 엄마 곁에 있어줬어.

엄마의 인생에 이누가 들어오고 엄마의 모든 것이 바뀌었어. 이누가 있어서, 이누가 너무 사랑스러워서 아리를 데려올 수 있었고, 그래서 두리가 태어난 거야. 그리고 엄마는 그 누구보다 행복하다고 자신할 수 있게 됐어. 너와 함께하는 매일매일이 더할 나위 없이 행복해.

지금부터 그 이야기를 시작해 보려고 해. 이누로 인해 달라진, 이누가 만든 행복에 대해서. 늘 신께 감사하노라 기도하는 그 모든 변화에 대해서.

Contents

1부   영원까지 사랑해

이누·아리·두리네 가족을 소개합니다

김성욱 인간, 남자

이누·아리의 사람 아빠이자, 두리의 사람 아빠(?). 족보가 꼬임에도 불구하고 호칭의 통일을 위해 스스로를 '이누·아리·두리의 아빠'라고 칭한다. 이누·아리·두리의 귀여움을 담고자 인스타툰을 그리기 시작했다. 아트디렉터이자 일러스트 작가. '이누·아리·두리 엄마'의 부하로 살아가고 있다.

임윤정 인간, 여자

이누·아리·두리의 사람 엄마이자 부부 사업체 '잘'의 대표, 글을 쓰는 카피라이터이다. 이누·아리·두리랑 떨어질 수 없는 극도의 분리 불안 때문에 프리랜서가 되었다. 사랑스러움의 결정체 이누·아리·두리를 통해 사랑받는 기쁨을 넉넉히 누리며 살고 있다.

이누 강아지, 2017년 1월생, 6.5kg

엄마, 아빠의 첫 강아지. 아리의 남편이자 두리의 아빠. 덩치는 이누·아리·두리 중에 제일 크지만 그만큼 겁도 많다. 그럼에도 아리와 두리를 지키기 위해 최선을 다한다. 아리에게 꽉 잡혀 사는 사랑꾼이자, 아들 두리와 잘 놀아주는 '스위트 대디'다.

아리 강아지, 2017년 1월생, 3.5kg

엄마, 아빠의 두 번째 강아지이자 이누의 아내, 두리의 엄마. 덩치는 이누·아리·두리 중에 제일 작지만 단연코 제1의 권력자이다. 길 가던 사람도 '인형이다!'라고 툭 뱉게 만드는 미모와 애교를 겸비했다. 다만 스스로를 강아지라 인정하지 않는 듯하다(강아지 극혐).

두리 강아지, 2018년 8월생, 5kg

엄마, 아빠의 세 번째 강아지이자 막내. 이누·아리의 아들. 이누·아리·두리 중에 두 번째로 크지만, 스스로가 귀여운 아들이라는 걸 아는지 무서운 걸 보면 이누·아리 뒤로 숨는다. 집에서는 개구쟁이지만 밖에 나가면 겁쟁이. 이누아빠밖에 모르는 아빠 바보이다.

영원까지
사랑해

Chapter 1

처음 해보는
사랑이라
첫사랑

금사빠가 아니에요

동물에 있어서 금.사.빠처럼 보이지만,
(전혀 틀린 말도 아님)
사실은…

다 사랑스러워!

깊은 사랑에 빠져서
닮은 친구들만 봐도
마음이 간질간질….

저 아저씨
이누·아리·두리
덕후인가 봐!

**이누 아리 두리에게
깊.사.빠라서 그래요…!**

이누는 나의 첫사랑이다. 이 고백은 내 연애 경험이 부족하다는 의미가 아니다. 이누를 만나기 전, 꽤 여러 사람을 사랑했고 사랑받으며 살아왔다고 생각했다. 하지만 이누를 사랑하고, 이누에게 사랑받으면서 이전의 사랑들은 사랑이 아니었다고, 사랑이라 말하기엔 무언가 부족했다고 단언하게 되었다. 이누는 나와 나의 삶을 송두리째 바꿔놓았다. 이누로 인해 아리를 데려올 용기가 생겼고 덕분에 두리라는 천사를 선물 받을 수 있었다.

내가 이누를 만난 건 다니던 회사를 그만두고 프리랜서로 일하고 있을 때였다. 프리랜서였지만 굳이 가지 않을 이유가 없어서 꼬박꼬박 출근하고, 시간을 채우고 퇴근했다. 일반적인 직장인이던 내 삶에 이누가 들어왔던 것이다. 몸은 회사에 있어도 마음은 이누 옆에 있었다. 보고픈 마음은 걱정과 불안이 되어갔고 갑자기 이누가 배탈이 나는 상상, 이누가 가스레인지에 기어오르는 상상으로까지 이어졌다.

버스 정류장에 내리면 어느새 뛰고 있는 나를 발견했다. 숨이 막 차오를 때까지 뛰고 또 뛰었다. 그런데 뛸수록 참을 수 없는 웃음이 새어 나왔다. 숨이 차오른다는 건, 이누가 가까워지고 있는 거니까. 곧 이누를 만날 수 있다는 거니까. 이누를 향한 사랑은 이전에 경험한 것과는 완전히 달랐다. 이걸 깨달은 건 이누를 만난 지 한 달도 채 되지 않았을 때였다. 이 얘기인즉슨, 함께한 시간의 길이가 사랑의 깊이를 만들어내진 않는다는 의미이기도 하다. 나는 한 달 만에 이누를 완.전.히 사랑하게 된 것이다.

나는 한참 시간이 흐른 후, 이때의 감정을 돌이켜보면서 이것이 책임감은 아니었을까, 하는 고민을 해보기도 했다. 그래, 작고 여린 생명에 대한 책임감, 혹은 그 생명을 잃을 수도 있다는 두려움. 그런 감정이 어느 정도 있었을지도 모른다. 하지만 확실한 건 나를 달리게 만든 동력이 그런 무거운 감정들만은 아니었다는 것이다. 함께 있지 못한 시간 사이에 혼자 귀엽고 있을(?) 이누, 그 장면을 내가 놓칠 수 있다는 안타까움, 그리고 빨리 집에 돌아가 그걸 누려야겠다는 설렘. 나는 그렇게 뒤엉킨 모든 감정의 총체를, 별다른 대체어를 찾지 못하고 '사랑'이라는 감정으로 명명해 버렸다.

어떤 연애를 할 때도 오직 빨리 보고 싶은 마음 때문에, 애인을 만나기 위해 뛰었던 적은 없었다(약속에 늦은 게 아니라면 말이다). 결국 나는 근무하던 회사를 그만두고 완전한 프리랜서가 되었다. 다시 말해, 언제나 이누와 함께할 수 있게 된 것이다. 잘 때도, 밥 먹을 때도, 일할 때마저도 이누와 함께하는 생활이 시작되었다.

처음 이누를 집에 데려오고 나서 인스타그램에 이누와 같은 견종인 '크림푸들' 해시태그를 많이 검색해 보았다. 그때 우연히 만난 작고 예쁜 크림푸들이 아리였다. 이누처럼 가슴에 하얀 털이 있고 이누와 생일이 비슷한 아리를 보고선 이누와 닮았다, 비슷하다고 생각했다. 실제로 만나곤 그 생각이 엄청난 착각과 오해였다는 걸 깨달았지만!

아리는 신기할 만큼 예뻤다. 이누와 함께 살면서도 남의 집 강아지를 덕질할 정도였으니까. 그래서 매일매일 아리 사진을 기다렸다. 그런 아리가 파양된다는 글을 봤을 때, 나는 가슴이 벌렁거려 발걸음을 멈출 수밖에 없었다. 일단 가장 가까이에 있는 벤치에 앉아 아리의 전 보호자에게 아리를 데려오고 싶다는 메시지를 보냈다(남편의 허락을 구하지도 않았다. 아리가 다른 사람의 가족이 되어 버릴까 봐, 이미 늦은 걸까 봐 메시지를 보낼 때 손이 덜덜 떨렸다. 아리를 보내겠다는 답변을 받고 나서야 남편에게 동의를 구했다. 지금 돌이켜보면 이 때의 조급함… 너무 잘했다. 돌아가도 꼭 그렇게 했어야만 했다. 이 무모함은 운명이다. 칭찬할 만한 결단력인 것이다). 그렇게 나는 이누처럼 가슴에 하얀 털이 있는 크림푸들, 아리의 엄마가 되었고 이누와 아리는 부부가 되었다.

두리를 처음 만난 건 초음파 영상을 통해서였다. 아리 뱃속에서 몸을 잔뜩 웅크리고 꿈틀꿈틀 움직이던 존재. 오래도록 기다리던 두리를 실제로 만난 순간, 우리는 기뻤고, 감사했고, 또 슬펐다. 먼저 두리가 태어나고, 1시간 후쯤 태어난 두리의 여동생이 숨을 트지 못하고 세상을 떠났기 때문이다. 두리 여동생이 엄마, 아빠를 쏙 빼닮은 밝은 크림색이었던 것에 비하면 두리는 놀라울 만큼 어두운 갈색이었다. 하지만 두리는 점점 변해갔다. 아리의 젖을 먹고 자라면 자랄수록 두리의 색은 크림색에 가까워졌다. 엄마, 아빠를 닮으려고 매일 노력하는 것처럼.

이누에게 그랬듯, 나는 아리와 두리에게도 첫눈에 빠져버렸다. 사랑이라곤 한 번도 해보지 않은 것처럼 모든 마음을 탈탈 털어 순순히 내어준 것이다. 이누·아리·두리와 함께해 온 6년. 사랑은 자꾸 커져만 간다. 하루 일과는 달라졌다. 없었던 취미가 생겼고, 시야가 넓어졌고, 가치관이 바뀌었다. 이 사랑에는 권태기도 없다. 보고 있어도 계속 보고 싶고, 함께하면 할수록 더 오래 함께하고 싶다. 어마어마하게 위대한 나의 사랑. 이 사랑은 전에 없었고, 앞으로도 없을 내 첫사랑이다.

Chapter 2

365일 24시간
귀여움은
열일 중

성실한 귀염둥이들

AM 11:00

앗!
귀여워…!

PM 1:00

먹을 때도 귀여워….
찍어놔야지!

PM 1:30

PM 4:00

귀여움은 대체 어디에서부터 시작되는 것일까.

귀여움은 눈에 보이는 형태일까, 아니면 내 안에 맺히는 감정일까. 이누·아리·두리는 계절과 날씨, 상황과 분위기, 낮과 밤을 막론하고 잠시도 쉬지 않고 열심히 귀엽다. 잘 때라고, 쌀 때라고, 먹을 때라고 다를까.

구체적으로 사랑스러운 점을 꼽아보자면 일단 이누는 몸뚱이가 그냥 푸들 버전의 곰돌이 같다. 신께서 곰돌이를 만들다가 급하게 푸들로 선회하신 게 아닐까 싶다. 머리는 커다랗고, 그 큰 머리에 어울리게 까만 코도 커다랗다. 눈은 살짝 붉은 기가 도는 갈색인데 가만히 그 눈을 들여다보고 있노라면 저 먼 우주의 반짝이는 행성 속으로 빨려 들어가는 느낌이다. 이누의 속눈썹은 신기할 만큼 예쁘고 길다. 신이 나에게로 보내기 전 뷰러로 올려주신 듯 아찔한 속눈썹.

귀도 역시 크다. 이누가 나에게 껑충껑충 달려오면 두 귀가 마치 날개처럼 펄럭거린다. 이누 귀에선 잘 구워진 빵 냄새가 난다.

나는 종종 잠들어 있는 이누의 큰 귀를 젖혀 향기로운 냄새가 나는 안쪽에 속삭인다. 이누 사랑해, 사랑해, 사랑해. 이누의 귀를 지나 구석구석 내 고백이 닿았으면 좋겠다. 만지거나 볼 수 없는 몸속 깊은 곳까지 사랑스러울 테니까.

이누는 등과 허리가 얼마나 긴지 머리에서 꼬리 끝까지 부드러운 털을 쓰다듬으면 참 오래도 따뜻하다. 팔다리(네 다리라고 말해야 할지도 모르겠지만, '손!' 하면 앞발을 주니 앞다리는 분명 팔일 것이다)는 짤따란데, 꼬불꼬불한 털 속에 단단한 근육이 잔뜩 숨어 있다.

그 팔다리 끝엔 커다랗고 통통한 발바닥이 있다. 옆으로도 넓고 큰데, 젤리의 두께 자체도 두툼하다. 발바닥에 땀이 많은 편이어서 언제나 반질반질 윤기가 돌고, 선명한 검은색을 띤다. 꼬순내도 아리나 두리에 비해 많이 나지만, 먼지도 잘 붙어서 산책하고 돌아오면 시커먼 때가 잔뜩 묻어난다. 이 통통한 발바닥 어딘가에 검은색 인주라도 있는

건 아닌가 싶을 때가 있으니까.

이누의 가슴털은 참 하얗다. 이 하얀 털은 입술 아래에서 가슴까지 역삼각형 모양으로 이루어져 있다. 모양이 꼭 크림색 슈트 안에 입은 하얀 와이셔츠 같아서 나비넥타이를 매주면 찰떡으로 잘 어울린다. 이누의 이 하얀 털은 처음 만났을 때부터 있었는데, 이 모양이 아리 가슴의 흰 털과 비슷해서 이누와 아리는 부부가 되었다. 입술 아래 하얀 털이 유독 돋보이는 날마다 아빠는 김조한 같다고 놀리지만, 우유를 마시고 우유가 흰 털에 송골송골 맺히면 귀여움이 꿀처럼 뚝뚝 떨어진다.

배는 통통하고 보드랍고 따뜻하다. 그 통통한 배에 귀를 대고 있노라면 뭘 그렇게 많이 먹었는지 바닷속처럼 꾸륵꾸륵 하는 소리가 난다. 마음이 평온해지는 소리. 아마 오늘 내가 먹인 군고구마, 명태큐브, 사료가 잘게 잘게 쪼개져 몸속 여기저기로 흐르고 있겠지. 꼬리는 두껍지만 짧다. 내게로 오기 전 단미를 당한 듯하다. 그 짧은 꼬리로도 온 맘을 다해 표현한다. 설렐 땐 살짝살짝 움직이고, 반가울 땐 '다다다다' 움직이고, 궁금할 땐 쫑긋 꼬리를 세우고. 무서울 땐 꼬리를 내려 똥구멍을 가리려 하지만, 채 똥구멍까지 닿지 못한 짤따란 꼬리는 허리와 일자가 된다.

아리는 정말이지 다 예쁘다. 도대체 어디까지 예쁘냐면, 발톱까지 특별하다. 그냥 불투명한 갈색이 아니라 옥처럼 맑음이 오묘하게 돌아서 마치 보석 같다. 발톱 얘기가 나왔으니 발부터 얘기하자면 발 크기 자체는 조그맣지만, 발바닥 두께는 꽤 통통한 편이다(이런 아리와 이누의 컬래버레이션이 어마어마한 발바닥을 탄생시켰는데, 그게 두리다).

이누의 발바닥이 크기에 합당한 두께라면, 아리의 발바닥은 크기에 비해 많이 두껍다. 마치 운동화에 내장된 에어 쿠션처럼. 그래서인지 아리는 몸을 위로 통통 튕기며 걷는다. 추진력이 앞이 아니라 위, 하늘 쪽으로 생기는 것 같다. 통통 튀며 달리면 속도는 좀 느려도, 귀여움과 예쁨이 극강이다. 자기가 언제 예쁘게 뛰

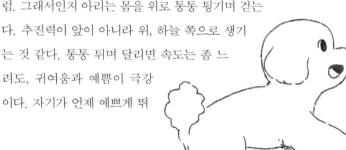

어야 하는지 정확하게 분별하는 능력이 있어서 한남동이나 성수동처럼 사람들이 붐비는 거리를 걸을 때면 꼭 이 능력을 사용한다. 천천히, 예쁘게 뛰면서 오래도록 사람들의 시선과 환호를 누린다.

"어머어머! 귀여워! 인형인가 봐!"

아리랑 산책하다 보면 이런 말을 참 많이 듣게 되는데, 이런 반응을 경험하지 못한 날은 집에 잘 들어가려고 하지 않는다. 마치 실외 배변하는 강아지가 아직 배변 활동을 끝내지 않은 상태로는 집에 가지 않으려 버티는 것처럼 아리는 환호 활동을 끝내지 않고선 집에 들어가지 않는 것이다. 사람들의 반응은 사실 너무 당연하다. 매일 보는 나도 '이렇게 작고 예쁘다니 정말 인형 아니야?'라고 감탄하곤 하니까.

아리는 눈이 정말 크고 예쁜데, 하루 대부분의 시간 동안 눈을 감고 있어서 눈동자를 자주 보긴 어렵다. 아리는 그 까만 눈동자를 주로 좌우로(← →) 많이 움직이

면서 궁금한 것들을 살
핀다. 최소한의 움직임으
로 최대한 많이 보기 위한 아리의 전략인 것이다. 이누의 눈동자
움직임이 주로 위아래(↑↓)인 걸 보면, 강아지마다 눈동자의 움
직임도 다 다른 것 같다. 참고로, 두리의 눈동자는 엄마 아빠에게
골고루 물려받은 것인지 위아래 좌우 아주 자유롭게 움직인다!

아리의 코는 이누에 비하면 크기가 반 정도밖에 안 된다. 아기
때는 아주 새카맸는데, 지금은 '다크브라운그레이'라고 해야 할
까? 밝았다가 어두워지기를 반복하며 코의 색깔이 조금씩 변하
고 있다.

얼굴은 작고, 다리는 길고, 몸길이는 딱 적당한, 정말 말 그대
로 완벽한 비율이다. 누군가 일부러 계획하고 설계한 것처럼 딱
떨어지는 몸매. 예쁜 몸으로 매일 아침 오래도록 스트레칭을 한
다. 얼마나 꼼꼼하게 스트레칭을 하는지, 그 모습을 보고 있노라
면 내 온몸이 다 시원해지는 기분이다. 아리는 까칠하게 굴 때마
다 으르렁대며 이빨을 보이지만, 이빨도 작아서 그리 위협적이진

않다. 그 앙칼짐에 이누·두리는 주눅이 들지만, 엄마가 보기엔 그저 귀여울 뿐이다.

아리의 가슴에도 하얀 털이 있다. 아리 가슴털은 작은 하트 모양인데, 이 부분의 털이 다른 부위에 비해 특히 보드랍다. 아리는 내가 누워있으면 나에게로 달려와 팔을 긁는다. 팔을 뻗어 팔베개를 만들어달라는 것이다. 그럼 나는 옆으로 누운 후 팔을 뻗어 아리가 누울 자리를 만들어준다. 내 가슴 앞에, 내 팔을 베고 누운 조그마한 아리를 조심스럽게 만진다. 아리는 너무 작고 소중해서 세게 만지지 않는다. 조심조심 부드럽게, 내가 제일 좋아하는 하얀 가슴 털을 만지고 있으면 마음 한구석에 따뜻하고 보드라운 애정이 달달하게 맴돈다.

우리는 두리가 생기는 과정부터 오늘 이 순간까지 모든 것을 지켜보았다. 작은 몸에 응축된 사랑스러움. 그 진하고 묵직한 귀여움은 이누와 아리의 결실인 것이다. 아직 채 뜨지 못했던 부드러운 눈꺼풀과 이 하나 없던 핑크빛 입안, 날카로움이라곤 1도

없이 새하얗고 무르던 발톱, 오물오물거리며 계속 아리 젖을 찾던 입술까지.

처음 태어났을 때 150g이었던 두리는 금방 500g을 넘어갔다. 몸무게 체크를 위해 1kg까지 잴 수 있는 미세저울을 샀지만 그것도 금세 못 쓰게 되었다(거의 새것과 다름없는 저울은 이제 두리가 좋아하는 푸딩을 만들 때 종종 사용한다). 두리는 동물병원 선생님이 걱정할 만큼 급격히 빠른 속도로 자라났다. 다른 형제들과 엄마의 젖을 나눠 먹고 자라는 다른 강아지들과 달리, 두리는 어쩌다 외동이 되어 엄마 젖을 다 독점했기 때문이다.

아리는 점점 말라갔고, 두리는 점점 통통해져 갔다. 조그만 다리에 근육이 붙지 않아 제대로 걷지 못하던 시기에는 오동통한 배로 몸을 밀어 이누아빠의 밥까지 노릴 지경이었다. 어떤 날은 이누아빠의 생식기를 아리 엄마의 젖으로 착각해서 입에 물기도 했다. 당황해서 어쩔 줄 몰라 하던 이누와 천연덕스럽고 뻔뻔한 두리. 두리는 엄마, 아빠와 함께라면 어디서나 밝고 명랑했다.

하지만 혼자가 되는 걸 못 견뎌했다. 엄마 뱃속에서부터 혼자였던 적이 없었기 때문일까. 혼자가 되면 목청이 떨어져라 하울링을 하며 울어댔다. 조금만 징징거리는 소리를 내도 사람 엄마, 아빠와 이누아빠, 아리엄마가 달려가 달래주던 게 버릇이 된 건지 두리는 사람 아기처럼 조금만 불편해도 찡찡거리는 소리를 낸다. 심심해도 찡찡, 배고파도 찡찡, 무서워도 찡찡, 짜증이 나도 찡찡. 그 울먹거리는 소리가 미치도록 귀여워서 일부러 괴롭히고 싶을 때도 있다.

두리는 이가 약했다. 퍼피 사료로 넘어가야 하는 시기까지 너무 오래도록 엄마 젖을 먹고 자란 탓이었다. 피가 자주 나 입 냄새가 심했다. 조금 딱딱한 간식을 먹다 유치가 빠진 날도 있었다. 놀랐는지 '꺄악!' 하고 비명을 질러서 헐레벌떡 병원에 데려갔는데 엄살이었

다. 이가 간지러울 때마다 사람 엄마, 아빠 손발과 이누·아리 발을 깨물기도 했다. 가구 같은 건 갉아먹지 않아서 다행이었지만 이누아빠가 많이 귀찮아했다. 동물병원 선생님은 유치가 다 빠지고 3개월 정도가 되면 이가 간지러운 증상이나 입 냄새는 점차 사라질 거라 말씀하셨다. 하지만 두리는 3살이 되도록 입 냄새가 심했고(지금은 사라졌다), 지금도 여전히 심심할 때마다 사람 엄마, 아빠 손발과 이누아빠의 발을 깨문다. 아리엄마가 무섭고 까칠한 걸 알아서인지 아리엄마는 절대 깨물지 않는다. 난 두리의 모든 것이 다 너무 귀엽다. 입 냄새도 귀엽고, 깨무는 것도 사랑스러웠다. 두리가 여전히 발을 깨무는 게 귀찮으면서도 좋다. 두리의 시간이 3개월에 멈춘 것 같아서.

　잘 먹고 잘 자란 두리는 엄마, 아빠를 꼭 닮은 크림푸들로 자랐다(귀 끝과 입 주변에는 갈색 털이 남아 있지만). 여전히 우리 집에선 아기고, 언제나 제일 귀여운 막내다. 두리는 사랑스러움과 사랑스러움이 함께 완성한 작품이며, 귀여움과 귀여움이 빚어낸 합동 결과물이다. 두리는 어느 날은 이누를, 어느 날은 아리를 빼닮았다. 엄마, 아빠에게 물려받은 통통한 발바닥, 촉촉하고 동그란 코, 새카맣고 통통한 검은색 입술, 특히 긴 꼬리와 부드러운 털이 매력적이다. 마음이 불안한 날, 두리를 쓰다듬고 있노라면 모든 게 다 괜찮아지는 기분이다.

난 이 모든 사랑스러운 모습을 두 눈과 마음에 전부 담았다. 그걸로도 부족해서 365일 24시간 손만 뻗으면 닿을 거리에 스마트폰을 두고 산다. 언제라도 담아야 하니까, 두고두고 꺼내 봐야 하니까, 혼자 보기 아까우니까. 솔직히 말하면 스마트폰 카메라론 성에 안 차서 눈 안에 카메라를 심고 싶을 정도다.

찍지 못하고 놓쳐버린 사랑스러운 순간, 나만 본 그 아까운 모습을 세상에 마구마구 자랑하고 싶으니까! 척박한 세상에는 이런 귀여움이, 사랑스러움이 너무너무 필요하니까! 저장 용량이 부족해 스마트폰을 바꾸고, 외장 하드와 클라우드에 옮겨놓더라도 그 모든 사랑스러움은 어디에든 그득그득 쌓여 있고 계속 계속 쌓여갈 것이다. 이누·아리·두리의 귀여움엔 한계가 없다. 다행히 그걸 담아내야 할 내 마음의 용량에도 한계가 없는 것 같다.

Chapter 3

딩크지만
엄마,
아빠입니다

강아지를 아이로 부른다는 것

미팅이 끝나고

수고하셨습니다.　　　수고하셨습니다.

식사 제의를 받을 때가 있다.

점심시간인데,
같이 식사하시죠~

장시간 집을 비운 게 미안해서
집으로 가봐야겠다고 생각한 나는
무심코,

집을 오래
비운 것 같은데….

아, 저는 이만….
집에 애들이
기다리고 있어서요.

그래도 강아지를 가족으로 봐주시는 분들이 많아져서
다행이라고 생각했다.

우리나라 사람들은 타인의 가족계획을 참 궁금해하는 것 같다. 결혼한 부부를 만날 때마다 안부처럼 건네는 말이 있다.

"좋은 소식 없어? 애는 언제 가질 거야?"

그 질문엔 당연히 아이를 가질 거라는, 가져야 한다는 전제가 깔려 있다. 아이를 가지지 않을 수도 있다는 선택은 처참히 배제된 것이다. 엘리베이터든 지하철이든 아이만 보면 시선이 멈추고 몰래 미소 짓고 마는 나지만, 아이를 낳아 기르고 있는 친구들이 기특하고 존경스럽지만, 엄마가 된다는 건 나에겐 너무 막막하고 두려운 일이었다. 나는 엄마라는 이름의 아름다운 기적, 아이가 주는 기쁨과 감동을 경험하지 않겠다고 결심했다.

그렇다, 나와 남편은 딩크(DINK)다.

'아이 낳아 기르기 힘든 세상이라', '아이가 살아가기 힘든 세상이라'라는 핑계를 늘어놓지만, 정확히 말하면 그 모든 것을 극복하고 노력해 나갈 용기와 끈기가 부족하기 때문일 것이다. 그럼에도 사랑하고 싶어서, 사랑받고 싶어서 나는 이누·아리·두리의 엄마가 되었다. 자식을 낳아 길러본 적 없는 내가 감히 말해도 될지 모르겠지만 나에게 이누·아리·두리는 내 모든 걸 내어줄 수 있는 아들이고 딸, 내 자식이다. 이보다 누군갈 더 사랑할 수 있을까, 이보다 더 소중할 수 있을까, 싶은 나의 이누·아리·두리.

우리 부부는 딩크지만, 엄마가 되었고 아빠가 되었다. 징검다리, 물웅덩이, 횡단보도, 내려가는 계단, 엘리베이터와 같이 이누·아리·두리가 조심해야 하는 위험한 길이 나올 때마다 나는 이렇게 말한다.

"이누야! 엄마, 안아!"

그럼 앞서 걸어가고 있던 이누는 되돌아와 나에게 엉덩이를 댄다. 자기를 번쩍 안아 올리라고, 엄마 품에 안기겠다는 뜻이다. 이누에게 나는 이 세상 단 하나뿐인 엄마인 셈이다(아마 낳아준 엄마는 이미 잊어버렸겠지). 나는 이누·아리·두리의 엄마가 분명하다. 언제 어디서나 이누·아리·두리를 품에 안고 지킬 준비가 되어 있는, 이누·아리·두리에게 위협이 되는 모든 것과 싸울 준비가 되어 있는 이누·아리·두리의 엄마, 부모인 것이다.

Chapter 4

귀여운 걸
마주하면
귀여워진다

귀여워지는 것에 대하여

인사를 받으면,

상대에게 인사를 해야 하듯,

귀여움을 받았으면

상대에게 귀여움을 돌려주는 게

인지상정이 아닐까….

이상,

귀여움이 조금 부끄러웠던
30대 후반의 자기 합리화였습니다.

귀여움은 전염되는 것일까? 귀여운 애들과 마주하면 내가 마주한 귀여움을 따라 하게 되는 것 같다. 귀여운 존재들, 강아지·고양이·아가들과 함께 사는 사람들은 다 이 현상을 경험해 보았을 것이다. 자기도 몰랐던 하이 톤의 목소리를 내게 되고, 혀가 짧아지는 증상. 나 역시 내 안에 이런 '애교력'이 있을 줄은 전혀 몰랐다. 이누·아리·두리와 함께 살기 전까지는.

일단, 이름을 부를 때부터 그냥 부를 수가 없다. 이누·아리·두리를 부를 때 '이누야!', '아리야!', '두리야!' 이렇게 무미건조하게 부르는 것이 아니라 "이누씽~", "아링아링~", "두리이이, 우리애기애기이~" 하고 온갖 콧소리를 섞어서 부르게 된다(글자에 음높이가 표현된다면 얼마나 좋을까). 그뿐만이 아니다. 습관적으로, 반복적으로 단어에 '이응'을 넣게 된다.

"우리 애깅, 엄마 보고 싶었쪄용?"

"이누 배고팡?"

"아링! 아이, 예뻥!"

내 증상도 중증이지만, 이누·아리·두리의 아빠(내 남편)도, 이누·아리·두리의 외할머니(우리 엄마)도, 내 남동생도 이 증상이 보통 심한 게 아니다. 그러다 서로를 마주치고 민망해지는 순간이 오기도 하는 것이다. 평소에 안 그러던 사람들이 이누·아리·두리에게 애교 부리는 모습을 맞닥뜨리게 되면 괜스레 소름이 돋고 징그럽기까지 하다.

가장 중증은 우리 엄마인 것 같다. 이누·아리·두리에게 애교를 부리다 부리다 나중엔 환청까지 들리는지 아무 소리도, 반응도 없던 이누에게 뜬금없이 이런 말을 하기도 한다.

"뭐라구요? 우리 이누야가 배고프다구용? 계라니가 먹고 싶다구요옹? 아휴, 그럼 어떻게 해. 고구마 방금 줬지만 계란도 삶아 줘야지….."

이누·아리·두리의 귀여움이란 대체 무엇일까. 귀여움이 무엇이길래 이다지도 신비한 능력이 있는 것일까?

Chapter 5

마당 있는
집을 원하는
부동산 탐욕자

땅 부자가 되고 싶다는 망상

마음만큼은 거의 만수르급이다….

이누는 마당이 있는 숙소로 여행을 가면 깊이 잠들지 못한다. 잠자리가 불편해서가 아니다. 밖에 나가고 싶어서, 가만히 있을 수가 없어서 그런 것이다. 모두가 잠든 밤에도 문 쪽을 바라보며 기다린다. 빨리 아침이 오기를, 빨리 엄마, 아빠가 깨어나기를.

새벽이슬에 잔디가 젖어 있어도, 눈이 오거나 비가 오고 있어도 이누는 개의치 않는다. 숙박비가 아깝지 않을 만큼 신나게 걷고, 뛰고, 논다. 한 번 가본 길이라도 또다시 '우다다다' 뛰어갔다가 돌아오는 길도 다시 한번 '우다다다' 뛰어온다. 코도 아주 열심히 일한다. 잔디 한 포기, 나무 한 그루, 돌멩이 하나하나까지 샅샅이 냄새를 맡는다. 아침의 냄새와 오후의 냄새, 깊은 밤의 냄새를 전부 맡으려는 듯 늘 새로운 마음으로 끊임없이 킁킁거린다. 이누는 1시간 잠깐 놀다 들어오는 아리·두리와는 다르다.

이누가 좋아하는 건 마당만이 아니다. 이누는 자기 머리 위로 날아가는 새를 좋아한다. 새가 빠르게 날면 새를 쫓겠다고 마당을 가로질러 달려간다. 울타리 끝에 닿아 더 이상 달릴 수 없으면 저만치 날아가 버린 새를 가만히 바라보다 터덜터덜 다시 나에게 돌아온다. 잡힐 듯 잡히지 않고 이누 머리 위를 뱅글뱅글 맴도는 잠자리, 나비, 나방. 이 작고 귀여운 요정들은 신기하게도 자기들에게 관심이 없는 아리와 두리에게는 나타나지 않고 이누에게만 나타나 야무지게 약을 올린다. 그래서 자꾸 이누에게만 귀여운 사건·사고들이 일어나고 마는 것이다.

시골에서 만난 닭장 속 닭들과 우리에 묶여 있는 염소와 소, 커다란 개들과 꼬물거리는 새끼 강아지들까지. 이누는 이 모든 친구들을 신기한 듯 바라보다 '꼬꼬댁!', '음메-', '멍!' 하는 소리를 들으면 놀라 뒤도 안 돌아보고 도망친다. 궁금한 것도, 신기한 것도 많은데 겁도 많아서 이누는 달리기가 빨라졌고, 다리 근육은 점점 더 단단해졌다.

나의 사랑스러운 이누는 자연 속에서 특히 사랑스럽다. 아침마다 환기를 하려고 창을 열면 베란다로 따라 나와 난간 사이로 코를 내밀고 바깥 냄새를 맡으려 한다. 그런 이누를 보고 있자면 당장이라도 여행을 떠나고 싶은 기분에 사로잡힌다.

난 집이 하나 더 필요하다(일을 하기 위해선 도시의 집도 필요하니까). 미세먼지 걱정 없는 맑은 공기에 아침엔 새소리가 들리고, 길 따라 걸어 나가면 냇가에 물이 흐르는 곳이어야 한다. 이누가 마음껏 뛰어놀 수 있는 마당 있는 집. 봄엔 꽃잎이 날리고, 여름엔 녹음이 우거지고, 가을엔 짙은 단풍이 들고, 겨울엔 새하얀 눈이 소복이 쌓이는 마당. 눈 위에 찍힌 이누·아리·두리 발자국을 보면서 나는 한 번 더 사랑에 빠질 것이다. 지나간 자리마저 귀여운 이 사랑스러운 존재들에게.

그래서 날씨를 확인하듯 부동산 앱에 들어가 단독주택 시세를 확인한다. 주말마다 갈 수 있을까 싶을 정도로 아주아주 먼 곳까지. 자꾸 비싸지는 부동산 가격만큼, 내가 찾아보는 단독주택의 위치는 점점 서울에서 멀어진다. 경제지를 보고, 경매 관련 책을 사고, 부동산 관련 유튜브 채널을 챙겨본다. 일확천금을 꿈꾸며 코인과 주식에 투자하고, 로또도 산다. 뭐 하나는 걸리겠지, 라고 철석같이 믿으면서! 사랑의 크기만큼 부동산을 향한 나의 탐욕도 점점 커진다. 걷잡을 수 없이 커진 탐욕 대비 현실은 소박하지만 언젠간, 언젠가는…. 나의 운 파이팅!

Chapter 6

덕후 혹은 베이지 성애자

덕후가 되었습니다

살면서 단 한 번도
덕질을 해본 적 없었던 내가

꺄! 이누·아리·두리 최고!

이렇게까지 덕질을 할 줄은 꿈에도 몰랐다.

내 책상 앞에도,

거실 벽에도,

모든 스크린 배경화면에도,

온통 너희들뿐.

우리 집은 온통 베이지, 크림색, 아이보리, 흰색, 갈색으로 가득
차 있다. 이누·아리·두리를 좋아하면서, 이누·아리·두리의 색까지
좋아진 것이다. 색깔뿐만이 아니다. 꼬불꼬불하고 보드라운 털
까지 정말 좋아져서 부클레 소재만 보면 일단 손이 간다. 그래서
큰일이다. 베이지색에 부클레 소재까지 더해지면 무조건 지갑이
열린다. 안 사고는 못 배기는 것이다. 도배지, 바닥재, 소파, 커튼,
침대, 이불, 담요, 수건, 수세미, 코트, 패딩 점퍼, 티셔츠, 양말, 속
옷까지….

　이제 나를 둘러싼 모든 것은 이누·아리·두리화되었다. 우리 가
족의 모든 배경색과 소재는 이누·아리·두리다. 그 탓에 우리 집은
이누·아리·두리의 보호색이 되었고, 이누·아리·두리가 배경에 완
전히 묻혀버려 점점 사진과 동영상이 잘 안 나온다는 남편의 푸
념이 시작되었다. 그래서 아주 가끔 포인트 색의 무언가를 산다.
오렌지색, 벽돌색, 겨자색 정도. 이 또한 이누·아리·두리와 정말
잘 어울리는 색깔이지만, 별로 티도 나지 않아서 결국 배경색에
서 크게 벗어나지 않는다.

나는 이누·아리·두리를 닮고 싶다. 단 며칠만이라도 이누·아리·두리처럼 푸들로 살 수 있다면…. 그래서 이누가 내게 해주듯 몸을 비비며 사랑을 표현하고, 아리처럼 폭 안겨 애교를 부리고, 두리처럼 세차게 꼬리를 흔들어 반겨줄 수 있다면. 강아지들이 완전히 이해하는 몸짓과 언어로 사랑하고 사랑받을 수 있다면 얼마나 좋을까. 무슨 생각을 하고 있는지, 어떤 기분인지, 어디가 아픈지, 먹고 싶은 건 없는지, 가고 싶은 덴 없는지. 속속들이 다 알 수 있다면 얼마나 좋을까.

　만약 이누·아리·두리가 사람으로 살 수 있다면…. 어느 날 갑자기 사람으로 뿅! 변해, 카페도 식당도 호텔도 어디든 함께 가고, 배우고 싶은 걸 배우고, 무언가 되고 싶다는 꿈을 꾸고, 누군가의 재산이 아닌, 하나의 생명, (인격체처럼)하나의 '견격체'로 온전히 인정받고, 자기만의 취향과 바람대로 무언갈 선택하며(이누·두리도 아리처럼 레이스를 입고 싶으면 어쩌나, 실은 아리가 분홍색을 좋아하지 않는 건 아닌가, 이누·아리·두리의 취향은 대체 무엇일까…. 아이들 대신 무언갈 선택할 때마다 고민한다), 그렇게 100년쯤 되는 긴긴 인생을 살아갈 수 있다면…. 평범한 아이들처럼 나보다 더 오래 살 수 있다면 얼마나 좋을까, 하고 이루어질 수 없는, 영화 같은 상상을 해보곤 한다.

그게 이루어질 수 없는 말 그대로 상상일 뿐이란 걸 알아서 더 이누·아리·두리를 닮고 싶은 것인지도 모르겠다. 내 주변 모든 것을 다 크림색으로 바꿔버리고, 부드럽고 포근한 것으로 두르고 싶을 만큼 말이다.

너무 좋다는 건, 너무 사랑한다는 건 이런 것일까. 나는 '베이지 성애자', 엄밀히 말하면 이누·아리·두리에게 흠뻑 빠져버린 '이아두 주의자'인 것이다.

Chapter 7

분리 불안
아니고
분리 고통

떨어져 있어도 괜찮을 방법

회사에서 잠깐 쉴 때도

해외에 있을 때도,

반려 가족에게 순간이동기만 있다면
분리 불안 따위 없을 텐데….

나는 여행이 싫다. 멀면 멀수록, 길면 길수록 고통스러워진다. 이누가 온 지 한 달이 채 되지 않았을 때, 난 2박 3일 동안 일본 여행을 떠났다. 이누는 나의 중증 분리 불안을 예감했는지 짐을 쌀 때부터 자꾸만 캐리어에 들어가 누워 있었고, 자신의 흔적을 강렬하게 남기고 싶었는지 내 옷에 영역 표시까지 해 놓았다. 난 그렇게 아기 이누의 냄새가 폴폴 나는 캐리어 가방을 끌고 바다 건너 후쿠오카로 떠났…지만 마음까지 떠난 것은 아니었다. 시간 날 때마다 틈틈이 홈캠을 확인하며 열심히 방구석 탐험 중인 이누를 지켜봤고, 퇴근한 남편에게 이누 사진을 보내달라고 계속 보챘다. 멀리 떨어져 있었지만, 마음은 함께 있는 거나 마찬가지였다.

  사실 아니다. 함께인 것처럼 거리를 좁히려고 아무리 노력해도 직접 보고 만지고 싶은 마음을 참을 수 없었다. 이누만의 고소한 냄새, 이누만의 보드라운 촉감, 이누만의 숨소리. '불안' 정도의 단어로는 설명되지 않는…. 이건 분리 불안이 아니다. '분리 고통'이다. 나는 여행지에서만 경험할 수 있는 맛과 온도, 순간에 집중하는 것이 아니라 흐르는 시간, 이누를 다시 만날 수 있는 미래에만 집중하고 있었다.

'하루만 참으면 만난다…. 앞으로 10시간만 있으면, 15분만 있으면 만난다….'

떠남이 목적이 아닌, 돌아갈 것을 목적으로 하는 여행이라니! 이렇게 순간순간이 고통일 것이라면, 굳이 여행을 떠날 이유가 없다. 나는 공항에서 내리자마자 가장 빠른 길을 찾았다. 무거운 짐을 생각하면 택시나 공항버스를 타는 게 현명한 선택이었겠지만, '분리 고통'은 현명한 선택을 방해했다. 환승이 불가피해 계단과 에스컬레이터를 이용해야만 하는 전철을 택했다. 그 시간에는 전철이 가장 빨랐기 때문이다.

기념품이 가득 담긴 캐리어 가방도 이누에게 달려가는 나를 막을 수 없었다. 가방이 그렇게 무거웠던 이유도 다 이누 때문이었다. 이누 옷, 이누 샴푸, 이누 빗, 이누 장난감, 이누 가방 등으로 꼭꼭 찬 캐리어 가방. 짐이 아니라 그리움과 사랑의 무게였달까. 난 그때 예감했다. 이제 모든 여행은 고통이 되겠구나.

내가 여행을 기피하게 된 결정적인 이유는 처절한 그리움 때문만은 아니다. 여행에서 돌아와 집에 도착했을 때, 나를 반기던 이누를 보고 깜짝 놀라고 말았다. 내가 알던 이누가 아니었다. 내 두 손안에 폭 들어오던 조그만 이누가 손 세 개는 필요할 정도로 커져 있었다. 여행 가기 직전에 사 입혔던 올인원(All-in-one) 옷은 더 이상 이누에게 맞지 않았다. 상체는 어떻게 끼워보아도 하체까지는 도저히 입힐 수 없었다. 3일 만에 작아진 옷이라니! 그 사이에 이렇게 커질 수 있다고? 이누랑 비슷하게 생긴 다른 강아지로 바꿔치기한 게 아니라고?

강아지의 시간은 인간보다 7배 이상 빨리 흐른다는 그 흔한 말을 '성장'이라는 실체로 확인한 후엔 이누·아리·두리와 떨어져 있는 매 순간 초조해졌다. 그것이 성장이든 변화든 노화든, 잠깐 떨어져 있는 이 순간조차도 이누·아리·두리에겐 순간이 아닐 수 있다. 내가 이누·아리·두리와 함께하고 있지 않을 때, 이누·아리·두리와 분리되어 있을 때마다 모든 시간이 아깝고 애타고 화나고 무섭다.

늘 내가 떠나고, 이누·아리·두리는 기다린다. 어쩔 수 없이 여행이란 이누·아리·두리를 기다리게 만드는 일이다. 이누·아리·두리의 생에서 이누·아리·두리가 날 두고 떠나는 여행은 마지막 순간밖에 없을 테니까. 내가 기다리게 만든 시간만큼 나도 기다려야 할 테니까. 아주 먼 훗날 이누·아리·두리가 여행을 떠나고, 이누·아리·두리를 기다리는 시간에 후회 없이 추억과 그리움만 가득하도록 내가 할 수 있는 한 최선을 다해 함께할 것이다.

 나는 여행을 싫어하는 '여행기피자'라고 스스로를 소개하곤 하지만, 그래서 다른 사람들이 함께 여행을 떠나자고 할 땐 대개 거절하지만, 고백하자면 난 여행이 싫은 게 아니다. 이누·아리·두리가 없는 여행을 힘들어할 뿐이다. 가봤던 곳이어도 괜찮다. 아주 잠깐이어도, 아주 가까운 곳으로 떠나는 여행이어도 좋다. 나는 이누·아리·두리와 함께할 수 있다면 그 어떤 여행이라도 너무도 사랑한다. 그리고 언젠가 함께하게 될, 천국에서의 영원한 여행. 이누·아리·두리와 한순간도 분리될 리 없는 천국이라는 여행지는 우리 가족이 꿈꿔왔던 최고의 여행지가 될 것이다.

Chapter 8

함께하는
완벽한
주말 라이프

주말 시간표

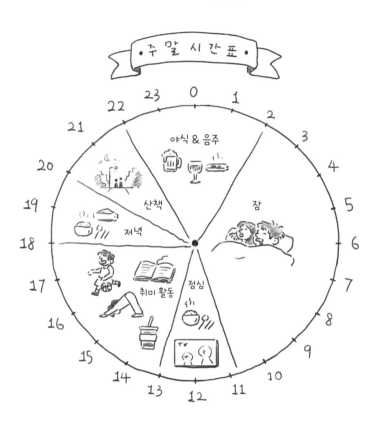

주말 시간표

야식 & 음주

산책

저녁

취미 활동

잠

점심

여유롭고 알찬 주말이…

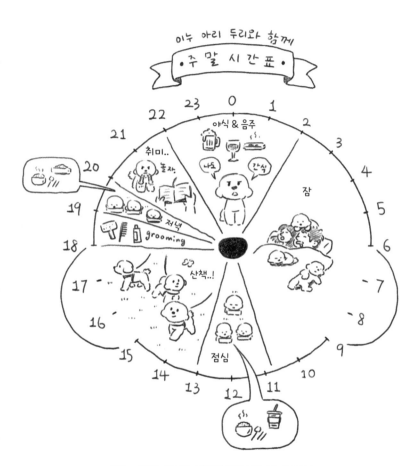

이누·아리·두리로 꽉꽉 들어찬 시간표로!

난 집이 참 좋다. 이누·아리·두리가 오기 전 내 주말 스케줄은 암막 커튼을 쳐놓고 하루종일 침대에 누워 있는 거였다. 옛날 드라마를 정주행하고, 밀린 예능을 챙겨보고, 좋아하는 소설을 읽다가 까무룩 잠드는 것. 이렇게 타이핑으로 늘어놓기만 해도 기분이 좋아지는 내 최애 취미들.

이누·아리·두리가 오고 집순이의 주말은 완전히 달라졌다. 날씨가 좋은 주말은 대부분 넉넉하게 산책을 하면서 보내게 되었다. 하지만 우산을 쓰고도 몸이 흠뻑 젖을 만큼 비가 쏟아지는 날이나, 미세먼지가 너무 심해 이누·아리·두리의 호흡기에 좋지 않을 것 같은 날에는 예전처럼 온종일 집에 있는 게 가능하다.

그렇다고 예전처럼 가만히 누워 있을 순 없다. 1시간 정도는 노즈 워크 시간이다. 노즈 워크의 종류는 공, 인형, 오뚝이, 퍼즐, 담요 등 정말 여러 가지다. 공에서 인형으로, 오뚝이에서 퍼즐로. 끊김 없이 노즈 워크가 이어지도록 말 그대로 '노즈 워크 파크'를 만든다. 난 이 놀이공원의 놀이기구가 멈추지 않도록 열일하는 알바생이 되는 것이다.

　노즈 워크가 끝나면 터그놀이가 시작된다. 이누가 좋아하는 장난감과 아리가 좋아하는 장난감, 두리의 취향이 다 제각각이다. 이누는 공 모양을 좋아하고, 아리는 꼬리가 긴 인형을, 두리는 아빠와 엄마가 지금 현재 몰입하고 있는 장난감을 좋아한다 (두리의 취향은 이누·아리인 것이다). 나는 조정 선수처럼 양손에 장난감을 들고 흔든다. 적당한 힘으로 흔들고 적당한 때에 놓아준다 (엄마를 이겼다는 승리감과 장난감을 쟁취했다는 성취감이 터그놀이의 재미 요소이자 목표라고 훈련사 선생님께 배웠다).

　보통 놀이가 끝나면 아리와 두리는 곧장 낮잠 시간을 갖지만, 이누의 체력은 이 정도로 떨어지지 않는다. 이쯤 되면 이누는 자신이 제일 사랑하는 공을 물고 와 다리께에 툭, 하고 내려놓는다. 이 행동의 의미는 강아지어 번역기가 굳이 발명되지 않아도 너무 쉽게 해석할 수 있다.

　"던져!"

　그때부터 난 공 던지는 기계가 된다.

'이러다 오른팔만 길어지는 거 아니야?'

어깨가 빠질 것 같은 느낌이 들 때쯤에야 이누는 분홍빛 헛바닥을 내밀며 만족스러운 표정으로 웃는다. 비로소 내 휴식 시간이 시작될 것이라 착각하지만, 내가 책 한 권을 들고 소파에 누우면 내 몸뚱어리는 이누·아리·두리의 베개와 침대가 된다.

아리는 팔베개를 선호하는 편이라 팔 사이로 쏙 들어오고, 두리는 몸 위에 눕는 걸 좋아해 가슴이나 배 위, 허리와 엉덩이 굴곡쯤에 눕는다(숨이 헉! 하고 막히는 무게로 성장했지만 두리는 자기가 아기인 줄 아니까!). 이누는 발이나 다리를 베고 눕는다. 수족냉증이 심한 엄마 발을 따뜻하게 데워주는 이누의 뜨끈한 머리.

그럼 옴짝달싹하지도 못하고 그대로 멈춰 있다가 나도 모르게 잠이 든다. 따뜻하고 보드라운 단잠. 이 세상 그 누구보다도 행복한, 모든 것이 완벽한 주말인 것이다.

Chapter 9

안전산책권을 찾는
날씨 앱
VIP

반려 가족을 위한 일기예보

미세먼지 심한 날

비 오는 날

폭염인 날

한파인 날

눈 오는 날

맑은 날

아침에 일어나면 우선 날씨 앱을 켠다. 여름이면 가장 뜨거운 시간과 가장 시원한 시간을 체크하고, 겨울이면 가장 추운 시간과 가장 따뜻한 시간을 확인한다.

비가 오는지 안 오는지, 온다면 얼마큼 오는지, 미세먼지가 있다면 얼마나 심한지, 몇 시쯤에 괜찮아지는지까지. 만약 미세먼지가 온종일 안 좋다면 어디 좋은 곳은 없는지, 얼마나 멀리 도망가야 미세먼지를 피할 수 있는지 찾아본다.

우리 집과 가장 가까운 미세먼지 측정소와 산책 코스의 측정소들을 살펴보면서 산책 동선을 짠다. 비와 바람, 미세먼지로부터 완전히 자유로운 '안전산책권'을 찾다 보니 나는 어느새 날씨 앱 VIP가 되었다(코인장 확인하듯, 분 단위로 날씨 앱을 들락날락하는 비공식적 VIP인 것이다).

매일매일 미세먼지가 심해 일주일 넘게 산책을 미루던 어느날, 미세먼지를 피해 강원도 양양까지 '여행 산책'을 떠났다. 정말 오랜만에 맑은 하늘과 새파란 바다가 눈앞에 펼쳐졌다. 부드러운 모래밭을 신나게 달리던 두리는 처음 보는 파도가 신기했는지 바다를 향해 냅다 내달리기 시작했고, 이누는 그런 두리를 잡겠다고 두리를 따라 달렸다. 바다의 깊이를 모르는 하룻강아지들을 잡기 위해 남편과 내 남동생은 차가운 11월의 바다로 뛰어들었다. 잡기 놀이라고 생각했는지, 해맑게 안겨 나오던 이누와 두리의 표정이 아직도 생생하다. 엄마, 아빠의 마음이 얼마나 철렁 내려앉았는지 전혀 알지 못하는 내 강아지들은 여전히 바다를 좋아한다. 오래오래 산책할 수 있는 맑은 공기를, 푹신한 모래밭을, 낯설고 신기해서 더 재미있는 여행지에서의 산책을 특히 사랑하는 것이다.

    짧게 지나가는 비, 금세 잦아드는 바람, 따뜻한 햇살, 푸른 하늘, 저 멀리까지 내다볼 수 있을 정도로 맑은 공기. 나는 이런 환경을 이누·아리·두리에게 줄 수 있는 신이 아니어서 환경을 걱정하고, 더 좋은 환경을 바라며 날씨를 검색하고, 좋은 곳을 찾아 헤맬 뿐이다.
    나뿐만이 아닐 것이다. 강아지와 함께하는 사람들이라면, 강아지를 사랑하는 가족이라면 누구나 날씨 앱을 끼고 산다. 배변을 밖에서 하는 친구들과 함께 산다면 더더욱 날씨 눈치를 볼 수밖에 없다. 오죽하면 날씨와 '눈치게임'을 한다는 얘기를 할까. 그럴 때마다 더 정확하고 꼼꼼한 날씨 앱이 나오길 바라곤 한다. 비가 온다면 정확히 몇 시 몇 분쯤 오는지, 맞을 만한지, 우비를 입히면 버틸 만한 정도인지.

다행히 이누·아리·두리는 바깥 산책을 못하면 화장실에서 볼일을 본다. 노즈 워크 볼에 간식만 넣어줘도 몇 시간은 신나게 논다. 그렇게 노즈 워크에 집중하다 간식을 다 빼 먹으면 나에게로 달려와 분홍빛 혓바닥을 보여주며 '헤헤' 하고 활짝 웃는다. 빨리 간식을 더 채워놓으라는 투정의 의미겠지만 난 그 표정을 이렇게 해석한다.

"엄마, 우리는 괜찮아. 날씨 앱 좀 그만 쳐다보고 귀여운 우리를 보라고!"

그 모습이 귀여워서 꽉 끌어안고 이누·아리·두리의 부드러운 털에 몸을 비빈다. 신나게 놀 수 있는 날에도 귀엽고, 답답한 날에도 귀엽다. 이 존재들은 날씨를 가리지 않고 사랑스럽다.

날이 좋은 날은 반짝이는 햇살 아래 청량하게 웃는 아이들이 예뻐서 좋다. 좋지 않은 날은 답답해하는 아이들이 안타까워서 좋지 않았으나… 못된 엄마는 품에 안고 오래 함께할 수 있어서 그 날씨 그대로도 좋았다. 적당한 날은 없었다. 모든 날이 이누·아리·두리와 함께여서 좋았다. 그럼에도 날씨 앱을 켤 때마다 마음속으로 빈다. 맑고 온화한 날씨, 산책하기 딱 좋은 그런 날씨를!

Chapter 10

꼼꼼하게
충만한
하루하루

강아지와 함께 산책하다 보면

강아지가 평범한 동네를
여행지로 바꿔주는 것 같은 느낌이 들 때가 많다.

코로나19라는 게 나와 상관없는 일이 아니라는 걸 처음 체감했던 날이 있다. 눈이 많이 오던 겨울이었다. 코로나19가 내 일상 가까이, 아니 일상 한가운데로 들어와 버린 날은.

그날 나는 강의 의뢰를 받고 한 회사에 미팅을 하러 갔다. 회의실 창밖으로 탐스러운 눈이 내리고 있었고, 나는 집으로 돌아갈 길을 걱정하며 대화를 이어갔다. 회의가 끝나자마자 바로 택시를 잡아탔다. 점점 굵어지는 눈발을 피해 빨리 집으로 돌아가야겠다고 생각했다. 집으로 돌아와 밥을 먹고 막 정리를 하려던 참에 오전에 회의를 나눈 회사로부터 연락을 받았다. 코로나19가 국내로 유입되어 사람이 많이 모이는 강의를 진행할 수 없을 것 같다고. 상황에 따라 다시 강의는 진행하게 될 수도, 아예 취소되어 버릴지도 모른다는 이야기였다.

사람들은 자신만의 안전한 공간으로 숨어들었다. 두려움을 가득 안은 채 일터로 향하거나, 가끔 답답함을 참지 못하고 바깥으로 뛰쳐나온 사람들도 있긴 했지만 다들 약속을 미루고 만남을 줄였다. 좀 더 빨리 집으로 돌아가고 집에서 오래 머물렀다. 사람들은 어느새 그 일상에 익숙해져 갔다. 자기 자신과 서로를 모두 지키기 위해 사람들의 세상은 점점 좁아질 수밖에 없었다.

처음에 집 근처 나지막한 뒷산으로 산책을 나섰던 이유는 다른 사람들과 마주치는 걸 피하기 위해서였다. 이누는 산속 산책을 좋아했다. 나보다 먼저 계단을 뛰어오른 뒤, 헐떡거리며 따라가는 나를 해맑게 내려다보았다. 그에 반해 아리와 두리는 산을 그다지 좋아하지 않았다. 도시와 카페를 사랑하는 아리, 오르막길을 싫어하는 두리를 양팔로 안아 들고 고난의 등산을 했던 날도 있었다.

바위 위로 살짝 눈이 내린 날은 길이 미끄러워 다리에 단단히 힘을 줘야 했다. 등산을 다녀온 뒤 앞다리를 절던 이누를 보고 놀라 병원에 갔을 때, 내리막길이 이누·아리·두리의 슬개골에 좋지 않다는 수의사 선생님의 조언이 있었다(특히 머리가 큰 이누는 앞다리에 하중이 많이 실린다고 한다). 그 말을 떠올리며 집에 돌아가는 내리막에선 이누·아리·두리를 품에 안고 집을 향했다. 품 안의 이누·아리·두리에게 풀 냄새, 흙냄새 같은 산 냄새가 잔뜩 묻어났기에 돌아가는 길에도 아직 산에 있는 느낌이었다. 나는 그렇게 하루에 두 번씩 산에 올랐다.

한강이 내려다보이는 전망대 정자까지 빠르게 걸으면 20분, 왕복 40분 정도가 걸리는 산(언덕이 더 어울리는 이름일 수도). 매일 같은 길을 반복해 걷는 게 지루해서 뒷산의 길이란 길은 다 다녀 보았다. 머릿속에 그 길들이 전부 연결된 하나의 지도가 완성될 때까지 나는 이누·아리·두리와 겨울의 끝을 보내고 봄의 시작을 마주했다. 숨차게 걸으면 땀이 맺히기 시작하던 늦봄과 초여름부터 여름의 절정까지만을 보내고 이사를 와버렸지만. 난 그 계절의 아름다움을 완전히 누렸다.

모두가 자신의 집으로 숨어드는 시기였던데다가 주로 어르신들이 아침 일찍 오르는 워낙 조그만 동네 뒷산이었던 덕분에 그 산의 봄은 온전히 우리 가족의 것이었다. 우리는 누구보다 천천히 산에 올랐다. 한 걸음 내디딜 때마다 흙바닥에, 울타리에 코를 박는 이누·아리·두리 덕분에 바위 사이 돋아나는 새싹을 볼 수 있었다. 아주 작은 소리와 움직임에도 긴장하는 이누·아리·두리 덕분에 낙엽 사이 숨어 있다가 우리의 발소리에 놀라 푸드덕 날아오르는 새들을 만났다. 바닥과 나무를 기어 다니는 작은 벌레들과 꽃잎 같은 날개로 이누를 현혹하는 나비, 성큼성큼 다가오거나 길 한복판에 늘어져 햇빛을 만끽하고 있는 고양이들도 만났다. 젤리 같던 개구리알에서 올챙이가 부화해 개구리로 성장하는 걸 지켜보는 건 연못을 지나갈 때마다 느끼는 기쁨이었다.

처음으로 꿩을 보기도 했다. 이누가 가던 길을 멈추고 한 지점을 뚫어져라 바라보길래 이누의 시선을 따라갔더니, 낙엽 더미 위에 파란 깃털이 매혹적인 꿩 한 마리가 앉아 있었다. 이누도 꿩이 신기했는지 짖지도 않고 그 자리에 가만히 서 있었다. 우리가 꿩을 만난 그곳에는 유독 새들이 많았다. 나는 그 이후 마음이 복잡한 날마다 그 근처 벤치에 오래 앉아서 새들을 구경했다. 나무를 쪼아 벌레를 빼먹는 새도 보았다. 옆에 앉아 있던 새에게 자기가 열심히 쪼아 어렵사리 빼낸 벌레를 부리에서 부리로 건네는 모습도 보았다. 어떤 날은 꿩 한 마리가 아니라 여러 마리를 마주치기도 했다. 까치와 까마귀가 악악거리며 싸우는 모습도 봤고, 어느 밤에는 산책로 한가운데에 홀로 서 있는 너구리를, 어떤 아침엔 사람들이 흘리고 간 강냉이를 주워 먹고 있는 다람쥐를 만나기도 했다. 산속엔 참 많은 산 식구들이 있었다. 그들이 만들어내는 모든 장면은 다큐멘터리이자, 동화였다. 지루할 틈 없이 복작거리던 신비한 세계. 그 많은 식구를 품고 있는 산은 매일매일 바빴다. 봄에서 여름이 되어갈수록 막 돋아난 연녹색의 순이 단단한 잎으로 커 무성해졌고, 잉잉 울리던 풀벌레 소리는 왕왕 매미 소리로 점령당했다.

겨울의 끝부터 여름의 절정까지 비 오는 날을 빼곤 거의 매일 산에 갔다. 무릎을 삐끗해 더 이상 산에 오를 수 없어서 등산을 포기했고, 그러다 이사를 떠나왔다. 산속의 식구들은 매일매일 마주치던 우리 가족을 궁금해할까. 그들의 마음은 알 길이 없지만 나는 그 모든 생명의 안부가 궁금하다.

이사를 와서 산에선 멀어졌지만 지금 집 근처에는 철새 도래지를 품은 천이 흐르고, 널찍한 숲도 가까이에 있다. 나는 새의 이름, 풀의 이름이 궁금해 책을 사기도 했다. 아는 것이 많아지니 더 많이 보였다. 세상이 전염병으로 좁아지는 동안에도 이누·아리·두리와 함께한 나의 세상은 무한히 커졌다.

모든 게 이누·아리·두리 덕분이다. 이 사랑스러운 존재들 덕분에 내 시야, 내가 느끼고 누리는 세상은 점점 넓어진다. 이 도시에 함께 살아가고 있지만 내가 몰랐던 다른 존재들, 내가 놓치고 살아왔던 시간의 틈새 속 짧은 순간들까지 이누·아리·두리가 소개해 주었다. 저 높은 곳에 있는 새들과, 깊은 땅속의 벌레들, 보이지 않는 곳곳의 귀여움들. 계절마다 매일매일 모양과 색이 달라지는 풀과 꽃, 잎과 나무. 아침의 햇살과 오후의 태양, 저녁의 노을, 밤의 별까지. 덕분에 나의 하루는 길다. 일주일이 길고, 한 계절이 길다. 높이 보고, 깊이 보고, 넓게, 멀리, 자세히 보며 누구보다도 하루하루를 촘촘히, 꼼꼼히 살아가는 것이다. 말 그대로 충만한 삶을 만끽하며 살아간다.

Chapter 11

세 마리만
키우는 건
아닙니다

공로상 시상식

터벅
터벅

표창장.
강아지의 세계에 인간의 사랑이 미치도록,
더 많은 강아지의 삶이 보다 행복하게 변화하도록
최선을 다해 귀엽고   사랑스러웠기에
혁혁한 공로를   인정하여 표창함.

사실, 온 세상 강아지들이 모두 수상자!

난 머리가 큰 강아지를 보면 눈을 떼지 못한다. 거기에 다리까지 짧으면 온 마음이 그 강아지에게 묶여버린다. 곱슬곱슬하고 무성한 털을 가졌을 때, 털 색깔이 크림색이거나 베이지색일 때, 반달가슴곰처럼 가슴 부분만(혹은 몸의 한 부분만) 털이 새하얀색일 때, 초콜릿을 넣은 빵이라도 한입 베어 문 것처럼 입 주변의 털만 진하고 거뭇거뭇할 때도 마찬가지다.

다른 데에 비해 속눈썹이 유독 눈에 띄게 예쁠 때, 누가 그려낸 것처럼 완벽한 비율일 때, 자기가 예쁜 걸 알고 새침하게 바라볼 때, 사람이 좋다고 '파다다닥' 흔들리는 꼬리를 볼 때, 커다란 발바닥을 볼 때, 조그마한 발바닥을 볼 때 나는 완전히 반해버린다.

이누·아리·두리 아닌 다른 강아지들까지 자꾸자꾸 들여다보고, 다시 꺼내 보면서 또 한 번 귀여워한다. 이누를 닮아서, 아리를 닮아서, 두리를 닮아서 좋아한다. 그리고 이제는 닮은 강아지를 좋아하는 걸 넘어섰다. 이누·아리·두리의 친구들이나 이누·아리·두리가 좋아하는 강아지만 닮아도 좋아하게 되어버린다.

이렇게 점차 확장된 애정은 이제 걷잡을 수 없을 만큼 커져 거의 이 세상 모든 강아지가 내가 좋아하는 스타일의 범주에 들어와 있는 것 같다. 사실… 눈길이 가는 강아지가 많아진다는 건, 마음 쓸 일도 많아진다는 의미다. 그래서 난 이누·아리·두리를 넘어 점점 더 많은 강아지들을 돌보고 있다.

첫 후원은 이누를 꼭 닮은 푸들의 수술비였다. 이누 같아서 그 푸들의 안타까운 상황을 외면할 수 없었다. 이누·아리·두리의 친구이자, 가족이었을지도 모를 강아지니까. 푸들에겐 한없이 마음이 약해진다. 그러다 푸들을 넘어서 이누·아리·두리의 외모를 닮은 유기견들, 라쿤과 반달곰까지 후원하기 시작했다(라쿤은 두리를, 반달곰은 이누를 닮았다).

어떤 날은 이누·아리·두리가 좋아하는 '응봉이'의 닮은꼴, '소담이'라는 강아지를 보고 정기후원 결연을 맺기도 했다. 우리 동네엔 '응봉이' 혹은 '깜돌이'라 불리던 떠돌이 개가 한 마리 있었다. 응봉이는 표정이 잘 읽히지 않을 만큼 온몸이 아주 짙은 검은색이었는데 가슴과 발끝 털만 새하얘서 완벽한 흑백 대비가 멋진, 참 잘생긴 강아지였다. 시선이 가는 멋진 외모에(난 처음 잔디밭에 앉아 있는 웅봉이를 보고 검정 조각상인 줄 알았다) 주위를 경계하며 횡단보도를 유유히 건너는 똑똑함과 사람들이 내민 간식을 함부로 받아먹지 않는 도도함까지, 웅봉이는 강아지가 아니라 마치 사람 같았다.

이누·아리·두리에게도 웅봉이가 멋져보였던 것일까? 대부분의 강아지들에게 경계심을 보이는 이누가 신기하게도 웅봉이만 보면 꼬리를 흔들며 좋아했다. 웅봉이는 동네 사람들에 의해 구조되었고, 좋은 임보처에서 행복하게 머물다가 평생가족을 만났다. 그리고 내가 후원했던, 웅봉이를 닮은 소담이도 평생가족의 품으로 갔다. 결연 종료 문자를 받았을 때는 눈물이 핑 돌 만큼 기분이 좋았다.

남편과 나는 한 동물 보호 단체에 정기적으로 봉사를 나가곤 했다. 이사한 집이 보호소와 멀어져서 정기 봉사는 갈 수 없게 되었지만, 내가 먹이고 씻기고 입힌 귀여운 생명들이 문득문득 그립고 궁금한 마음에 비정기적으로나마 방문하고 있다. 그곳의 아이들은 번식장에서, 산불 현장에서, 덫에서, 인간에게서 구조된 강아지들이다.

아픈 강아지들이 점점 건강해지길 바라면서, 상처받은 강아지들이 조금씩 마음을 열어주길 바라면서, 새끼 강아지들이 튼튼하게 성장하길 바라면서 아이들을 만나러 간다. 어떤 현장과 상황에서 구조되었든 모든 원인은 결국 인간이다.

인간의 욕심 때문에 계속 새끼를 낳아야만 했던 강아지. 인간이 학대하고 방치한 끝에 죽은 친구라도 먹으면서 버텨야 했던 강아지. 인간의 실수로 걷잡을 수 없이 퍼졌던 산불에, 야생동물을 사냥하겠다고 누군가 설치해 놓은 덫 때문에 다쳐버린 강아지. 그럼에도 인간에게 마음을 여는 강아지들을 보고 있으면, 도대체 강아지란 무엇인가를 생각해 보게 된다. 그 무한한 사랑이 사랑받을 자격이 충분한 사람에게 가닿기를 바라면서 보호소의 아이들이 입양을 갈 수 있도록 물심양면으로 돕고 있다.

나는 보호소의 아이들 속에서 이누를, 아리를, 두리를 본다. 생김새와 성격이 이누·아리·두리 같으면 더 마음이 쓰였다. 새끼 강아지를 살뜰히 보살피는 엄마 강아지들의 마음이 아리 같아서, 엄마 강아지가 좋아서 애교를 부리는 새끼 강아지의 천진난만함이 두리 같아서, 사나운 모습으로 자신을 보호하고 있는 두려움 가득한 눈동자가 이누 같아서 남편과 나는 보호소의 아이들이 다 우리 아이들 같다.

최근엔 임보를 시작했다. 아직 젖을 떼지 못한 새끼 강아지, 오구를 우리 집에서 보호하게 된 것이다. 울타리로 격리할 수 있는 새끼 강아지라면, 다른 강아지에게 적대적인 이누와 함께여도 괜찮을 것 같다고 생각해서였다. 젖병을 빨던 오구는 이제 딱딱한 껌도 꼭꼭 씹어 삼킬 만큼 튼튼하게 성장했다. 둥글둥글 아기 북극곰 같던 강아지가 어엿한 진돗개로 커 가는 모든 순간을 이누·아리·두리와 함께 지켜보았다.

오구에게 평생가족이 생길 때까지 아끼고, 가르치고, 사랑해 줄 것이다. 이누·아리·두리의 다음이 아닌, 4분의 1의 크기가 아닌, 자기 자신만을 온전히 사랑해 줄 수 있는 오구만의 엄마, 아빠가 나타날 때까지 말이다.

아니다. 어쩌면 주는 게 아니라 받고 있는지도 모른다. 이미 우리 가족은 오구에게 누나로, 형으로, 이모로, 삼촌으로, 임보 엄마, 아빠로 사랑을 주고받고 있다. 돈으로는 절대 살 수 없는 귀여움을 넘치게 구경할 수 있는 권리까지 넉넉히 누리는 중.

이것 또한 이누·아리·두리 덕분이다. 나는 이 사랑스러운 존재들 덕분에 다른 존재들을 사랑할 수 있게 되었다. 사랑받을 수 있게 되었다. 우리 부부는 세 마리만 키우는 게 아니다. 더 많은 존재들을 키우고 있다. 그 과정에서 더 나은 사람으로 성장하고 있으리라 믿는다. 이누·아리·두리에게 받은 사랑이 너무 많아서, 가득 차서 넘쳐흐르다 흐르다 못해 어딘가로 향하고 있는 것 같다. 강아지의 세계로. 모든 사랑스러운 존재들의 세계로.

2부

모든 귀여운
존재들을 위하여

Chapter 12

후회하지
않기 위한
결정

만약에

두리 동생이 살았다면,

아리   이누   (두리동생)   (두리)   오구 (입보)
                이름?   이름?

두리와 함께 태어났던 여동생이 무지개 다리를 건너지 않았더라면,
두리의 이름은 두리가 아니었을 것이다.

'두리'는 무지개 다리를 건넌 여동생의 몫까지
2배로 잘 살아달란 의미로 지은 이름이기 때문이다.

만약 새끼 고양이들까지 모두 살았다면,

안전하고 건강하게 자라서
좋은 보호자들에게 듬뿍 사랑받으며 살았을 텐데.

그중 가장 덩치가 컸던 아이에겐
'이누'의 고양이 버전처럼 '네코'라고 이름 붙여주었을지도.
(일본어로 개가 '이누', 고양이가 '네코')

덜컥 임보를 결정했던 건, 지난 일에 대한 후회 때문이었다. 우리 부부는 아리를 데리고 성수동 골목을 산책하다가 소쿠리에 담겨 있던 새끼 고양이들을 만난 적이 있다. 정확히 말하면 '만났다'기 보다는 '발견했다'는 표현이 더 맞을 것이다. 어두운 골목길을 걷던 중 공사 중인 건물 쪽에서 아기 울음소리 같은 게 들려왔다. 조심조심 다가가 휴대폰 플래시를 켜보았더니 공사장 바닥에 기어 다니고 있는 무언가가 보였다.

너무 조그만 그 생명체가 고양이일 거라곤 전혀 예상하지 못했다. 손가락 두 개 정도의 크기. 태어난 지 얼마 안 된 참새나 쥐일 거라 생각했는데 가까이 다가가 확인해 보니 아직 눈도 뜨지 않은 아주아주 어린 새끼 고양이였다. 바닥에 기어 다니고 있던 새끼 고양이들도 서너 마리는 되는 것 같았다.

숨죽이고 울음소리를 따라가자 주변에 아무렇게나 널브러져 있던 박스와 소쿠리 안에서 또 다른 새끼 고양이들이 나왔다. 까만색, 하얀색, 치즈색, 하얀색에 치즈 무늬, 하얀색에 까만 점. 모양도 색도 다 제각각이었지만 모두 다 한마음으로 어미 고양이를 간절히 기다리고 있는 눈치였다. 숨을 쉰다는 게 신기할 정도인 작은 몸뚱으로 온 힘을 다해 어미 고양이를 부르고 있었다. 그런데 새끼 고양이들의 울음이 아무래도 잘못 발송되었던 건지 어미 고양이가 아닌, 사람들을 부른 꼴이 되어버렸다.

이 새끼 고양이들을 어찌해야 할지 몰랐던 '고알못' 우리 부부는 이누·아리·두리의 수의사 선생님께 연락을 취해 조언을 구했다. 선생님께 이것저것 물어보고 설명을 듣는 동안에도 여러 사람들이 울음소리에 이끌려 새끼 고양이들을 찾아왔다. 우리보다 먼저 새끼 고양이를 발견한 남자분은 편의점에서 종이컵과 우유 한 팩, 담요를 사오셨다. 배고파 우는 젖먹이에게 우유를 줘야 한다는 생각에 그분은 숨을 헐떡이며 편의점으로 달려가셨겠지만 우리는 그 선의를 막을 수밖에 없었다.

지금 그 차가운, 사람이 먹는 우유를 먹이면 새끼 고양이는 탈이 날 게 분명했다. 게다가 사람 손이 닿으면 낯선 냄새를 풍기는 새끼 고양이들은 결국 어미 고양이에게 버려지게 될 것이었다. 우리가 할 수 있는 일은 어미 고양이가 올 때까지 새끼 고양이들이 안전하게 기다릴 수 있도록 울타리를 만들어주는 일이라고 설명했다. 우리는 함께 새끼 고양이들이 차와 오토바이가 다니는 길가까지 나오지 않도록 박스들로 바리케이드를 쳤다. 사람 냄새가 남지 않도록 편의점에서 사 온 비닐장갑을 끼고 이미 길가까지 나갔던 새끼 고양이들을 최초 근거지로 보였던 소쿠리 안에 옮겨다 놓았다.

이런 대처는 수의사 선생님의 조언이었다. 먹이를 구하러 간 어미 고양이가 돌아와 자신의 새끼들을 알아볼 수 있도록 사람의 냄새를 남기지 않을 것(만져야 하는 상황이라면 일회용 장갑을 꼭 착용할 것). 새끼를 낳은 지 얼마 안 돼 산후조리가 필요한 연약한 상태의 어미 고양이가 멀리까지 사냥을 가지 않도록 어미 고양이의 먹을 것을 챙겨주는 게 오히려 도움이 될 거라고 말씀해 주셨다. 어미 고양이가 잘 챙겨 먹고, 자신의 몸을 돌보고, 그 힘으로 새끼들을 돌볼 수 있도록 말이다.

배를 밀어 기어 다닐 정도의 새끼라면 아주 짧은 텀으로 수유를 해야 할 텐데, 그걸 사람이 돌보기는 여간 까다로운 일이 아니라고. 심지어 한 마리도 아니고 여러 마리라면 더 어려울 것이고, 사람이 열심히 해봐야 어미보다 잘 케어할 수는 없으니 함부로 데려가지 말라고도 하셨다.

새끼 고양이들이 처한 환경이 공사장이라는 것이 못내 마음에 걸렸지만, 그게 최선이라는 수의사 선생님의 말씀을 다시 떠올렸다(어미가 새끼를 얼마나 살뜰하게 돌보는지 너무도 가까이에서 아리-두리를 통해 지켜봤으니까). 햇볕이 따사로워지기 시작하는 봄이었지만, 밤은 제법 쌀쌀했다. 집으로 돌아가는 발걸음이 무거웠다. 우리는 내일 일찍 와서 공사장 아저씨들에게 고양이에 대해 말씀드리고, 새끼 고양이들이 사람 손을 타지 않고 어미 고양이와 함께 건강하게 자랄 수 있도록 멀리서 보살피자고 다짐했다.

우리는 다음 날부터 매일 고양이 가족들을 보러 갔다. 어미가 물어다 놓은 것인지, 형제들의 품으로 스스로 기어 온 것인지 지난밤보다 새끼들은 더 많아져 있었다. 아기 고양이들은 매일 조금씩 자라났다. 우리는 가까이에 있는 카페나 식당의 사장님, 직원분들께 어미 고양이의 물과 사료를 챙겨주기를 부탁했다. 그렇게 모든 것이 순탄하게 흘러가고 있는 줄 알았다. 이 소중한 존재들과의 뜻밖의 만남이, 이 우연한 에피소드가 해피엔딩으로 끝날 거라 믿었다.

어느 날 아침, 젖어 있는 아스팔트와 물웅덩이를 보고 지난밤 비가 퍼부었다는 걸 알게 되었다. 나는 강의가 있어 먼저 집을 나왔고, 남편은 바로 고양이들을 만나러 갔다. 남편은 불안해했다. 비가 온 후의 선선해진 온도로 어젯밤의 추위를 가늠할 수 있었으니까. 나는 남편을 다독였다.

"주변 카페나 식당에 계신 분들이 먼저 살피러 갔을 수도 있어. 비 오는 날은 먹이를 구하러 가기도 힘드니까 어미가 잘 돌보고 있겠지. 비 때문에 공사장 분들도 빨리 출근했을 수 있잖아."

남편에게 건네는 말이었지만 실은 나를 다독이기 위한 것이었다. 나도 불안하고 무서웠으니까. 나는 강의가 끝나자마자 남편에게 전화를 걸었다. 긴말하지 않았지만, 통화 너머 숨소리에서 알 수 있었다. 남편은 아이처럼 울고 있었다. 엉엉, 꺽꺽.

차가웠다고, 딱딱하게 굳어 있었다고. 놀란 마음에 그대로 안고 병원으로 달려갔는데 이미 다 죽어 있었다고. 동물병원에 장례를 맡기고 돌아온 남편은 새끼 고양이들과 함께한 지난 모든 순간을 후회하며 괴로워했다. 처음 만났을 때 데려왔다면, 아니면 그다음 날이라도, 다다음 날이라도. 어제라도 데려왔다면….

어제 일기예보를 확인할걸. 두꺼운 담요라도 가져다 둘걸. 작은 생명들의 보드랍고 연약한 몸이 차갑게 식어 딱딱하게 굳어가기까지 얼마나 고통스러웠을지, 얼마나 무서웠을지 차마 상상할 수도 없었다. 남편이 왜 울음을 그칠 수 없었는지 나는 알고 있었다. 나와 같은 걸 떠올렸을 테니까. 그 슬픔은 억눌러지지 않는 거니까. 그걸 내가 가장 잘 아니까.

아마 남편은 태어났지만 숨을 트지 못한 두리 동생을 떠올렸을 것이다. 아리의 작은 몸, 그보다 더 작은 뱃속에서 세상에 나올 날을 기다리며 머리도 몸통도 네발도 점점 커져갔을 두리 동생. 어둡고 고요한 아리 뱃속에서 두리와 함께해 준, 아빠 이누를 많이도 닮았던 두리 동생. 이름도 갖지 못한 채 떠난 두리 동생도 처음 태어났을 땐 새끼 고양이들처럼 작디작았다. 우리는 서로 얘기한 적 없지만, 새끼 고양이들을 보자마자 똑같이 두리 동생을 떠올렸던 것 같다.

막 태어난 두리 동생은 아리가 아무리 열심히 핥아줘도, 한참을 기다려도 숨을 트지 못했다. 이렇게 두었다간 아리가 쓰러질 것 같아서, 두리에게 젖을 물린 틈에 나는 두리 동생을 안아 들고 심폐소생술을 했다. 미리 익혀둔 대로 미지근한 드라이기 바람으로 몸을 따뜻하게 해주면서 손으로 조그만 몸을 하염없이 쓰다듬었다. 코에는 숨을 불어 넣었다. 너무 세지도 약하지도 않게 후- 후- 후- 하고. 숨을 트라고, 제발 트라고 간절하게 내뱉는 숨이 점차 울음처럼 터져 나왔지만 침착해지려고 애썼다.

그때라도 병원에 달려가야 했다. 쓰다듬는 걸 멈추고 응급실이 있는 동물병원으로 달려갔다면 살렸을 수도 있다. 그런데도 나는 멈출 수가 없었다. 조금만 더 하면, 조금 더 따뜻하게 해주면 숨을 틀 수도 있으니까. 심폐소생술을 잠깐 쉰 틈에 생명을 놓

처버릴 것 같았다. 따뜻한 몸이 차갑게 식어갈 때까지, 보드라웠던 몸이 딱딱하게 굳어갈 때까지 멈추지 못했다. 해가 뜰 때까지 몇 시간이고 계속했다. 포기할 수 없어서, 포기하는 게 무서워서….

수의사 선생님의 선고가 있을 때까지도 나는 자꾸만 착각했다. 방금 심장이 뛰는 걸 느낀 것 같다고, 숨소리가 들린 것 같다고, 조금 움직인 거 같다고, 아까보단 따뜻해진 것 같다고. 내 손목에서 뛰고 있는 맥박이 아기의 것이라고 믿고 싶어서 살아있다고 억지를 부릴 동안 두리 동생은 점점 더 멀어져 갔다. 그렇게 두리 동생은 우리를 떠났다.

아리는 두리 동생이 떠났다는 걸 몰랐으니까 자신의 새끼를 데리고 나갔다가 빈손으로 돌아온 우리를 외면했다. 끝까지 의심했고, 두리에게서 떨어지지 않았다. 아리는 두리라도 지키기 위해 화장실 가는 틈조차 두지 않으려 며칠을 참았다. 나는 힘들어하는 아리를 보면서 계속 후회했다.

사실 처음 초음파를 확인하면서 아리의 자궁이 좁아서 두 마리가 여유 있게 자라지 못하고 있다는 말을 들었다. 한 마리의 머리가 꺾여 있는 것 같다는 수의사 선생님의 말씀을 들었을 때 강아지 산부인과로 병원을 옮겨 제왕절개로 아기를 낳았다면, 모든 게 달라지지 않았을까? 살릴 수 있지 않았을까?

　남편은 아마 새끼 고양이들을 보내면서, 한 번 더 두리 동생을 보냈을 것이다. 또 한 번 후회하고, 또 한 번 자책하면서. 그래서 나는 아직 젖도 떼지 못한 오구·모구 형제가 보호소에 들어왔을 때 임보를 망설이지 않았다. 보호소에 파보바이러스가 돌고 있어서 새끼들이 위험한데, 특히 장염을 앓고 있는 오구는 더욱이 케어가 필요하다고 했다. 4시간마다 한 번씩 젖병을 물려줄 수유 임보처를 찾는다는 피드를 보고 남편에게 당장 말했다. 임보를 해야겠다고. 남편도 이것저것 묻지 않고 바로 그러자고 했다.

　두리 동생과 새끼 고양이들에게 해주지 못한 것들을 꼭 하고 싶었다. 다시는 후회하고 싶지 않다는 마음 때문이었을 것이다. 무언가를 해야 할 땐 해야만 하는 때가 있다는 걸 우리 부부는 아픈 경험을 통해 뼈저리게 배웠다. 다음이란 없다. 당장 움직여야 한다. 누군가 대신 해줄 거라는 헛된 희망도 품어선 안 된다. 우리가 지금 꼭 해야만 한다.

그렇게 아기 진돗개 오구가 우리 집에 왔다. 미처 이누·아리·두리에게까진 허락을 받지 못했지만, 말을 할 수 있었다면 이누·아리·두리도 분명 허락해 줬을 거라 믿는다. 이누·아리·두리는 우리 부부가 살아온 시간을 함께 관통해 왔으니까. 엄마 아빠가 슬퍼하고 아파하고 후회했던 시간들을 누구보다 가까이에서 지켜봐 왔으니까.

Chapter 13

온몸과
온 맘으로
대화하는 사이

절대 불가능한 일이란 걸 알면서도
왠지 모르게 함께한 시간이 길어질수록
언젠간 꼭 사람의 말로 소통할 수 있을 거라고 믿게 된다.

집에서 먹고 자고 일하는 프리랜서 생활 6년 차. 코로나가 시작되고선 회의도, 약속도 전보다 줄어들어서 산책이 아니고선 집을 나갈 일이 거의 없는 '집콕 생활'이 이어지고 있다. 그래서 가끔 집에 온종일 있으면 지루하지 않냐는 질문을 받을 때도 있다. 결론부터 말하자면, 이누·아리·두리와 함께하는 내 하루엔 절대 지루할 틈이 없다. 심지어 사람과 있을 때보다 더 많이 말하게 된다 (아마 이누·아리·두리가 알고 있는 엄마는 말이 참 많은 수다쟁이겠지).

이누·아리·두리에게 가장 많이 하는 말은 아마 "귀여워!"일 것이다. 눈이 마주칠 때마다, 움직이는 걸 볼 때마다 마음속 깊은 곳에서부터 '귀엽다'라는 말이 기침처럼 터져 나온다. '귀엽다'의 유사 버전으로는 아리에게 건네는 '예쁘다'와 이누와 두리에게 건네는 '배 뚱뚱해', '머리 커!'(비난이 아니라 감탄이다. 귀여움 주머니 =큰 머리&통통한 배)가 있다. 주체 못할 귀여움에 몸서리치면서 이런 말들을 이누·아리·두리에게 내뱉곤 한다.

이누·아리·두리에겐 다른 사람들에게 하지 못했던 속엣말도 많이 털어놓게 된다. 화가 날 때, 누군가에게 상처받았을 때, 상처 줬을 때, 힘들 때 이누·아리·두리의 눈을 마주 보고 이것저것 늘어놓는다. 자기 고백도 있고, 고해성사도 있고, 험담도 있고….

"이누야, 오늘 엄마가…."

"아리야! 아까 그 사람이!"

"두리야, 엄마는…."

이누·아리·두리는 내 말을 다 알아듣는 것처럼 두 눈을 맞추고 가만히 내 얘기를 들어준다. 말을 끊지도 않고, 토를 달지도 않고, 묵묵히. 가벼운 추임새도, 섣부른 조언도, 설익은 위로도 없다. 그렇게 털어놓는 것만으로도 박하사탕 한 알을 물고 있을 때처럼, 묵직했던 마음에 시원한 공기가 맴돈다.

누군가는 이런 내 행동이 벽에 대고 얘기하는 것과 무엇이 다르냐고 말할 수 있겠지만, 공감이 가득한 그 맑은 눈에 자신의 눈을 맞춰본 사람이라면 다 이해할 것이다. 이누·아리·두리는 분명히 나의 얘기를 듣고 있다. 어떻게든 이해해 보려고, 엄마의 마음을 가늠해 보려고 온몸으로 집중하며 애쓰고 있다.

이누·아리·두리와 통한다는 것, 이누·아리·두리가 내 얘기를 들고 내 마음을 다 이해하고 있다는 걸 더 자주, 여러 번 확인하고 싶어서 자꾸만 말을 건넨다. 그리고 더 확실하고 분명한 음성, 눈짓, 몸짓을 사용한다.

　반가움을 표현할 때 더 큰 소리로 부르고(엄마 왔다!), 칭찬하고 싶을 때 더 크게 손뼉을 치고(잘했어요!, 옳지!), 사랑을 말할 때 더 많이 쓰다듬어준다(사랑해!). 혹시 못 들었을까 봐 이누·아리·두리가 잠든 밤마다 이불처럼 덮여 있는 귀를 열어 귀여워서 고맙다고, 못난 엄마를 잘 부탁한다고, 앞으로도 엄마랑 오십 살까지 살아달라고 고백과 기도와 다짐을 늘어놓는다.

　이누·아리·두리도 나에게 대화를 건넨다. 기대와 반가움은 꼬리 모터로(움직임이 커지고 속도가 빨라질수록 강력한 마음), 사랑과 관심은 부드러운 혓바닥으로(엄마, 아빠가 울고 있을 때, 걱정할 때, 볼, 발등, 손등을 핥아준다), 지루함은 차가운 코로(심심하면 코로 몸을 툭툭 친다), 분노는 날카로운 이빨로, 무서움은 짖는 것으로. 가끔은 찡찡거리고 보채는 소리를 낸다. 그렇게 목소리를 높여서 원하는 걸 갖고야 만다. 엄마, 아빠가 하는 것처럼 말하려고, 어떻게 해서든 마음을 표현하려고 노력하는 것이다.

이누가 분명히 알아듣는 말들이 있다. 엄마, 아빠, 아리, 두리, 한돌이(이누가 제일 무서워하는 동네 친구다), 버키(제일 좋아하는 친구다), 손, 반댓손, 앉아, 엎드려, 점프, 스핀, 코, 하이파이브, 빵야, 허그, 뽀뽀, 먹어, 산책, 간식, 맘마, 밥, 우유, 요거트, 딸기, 고구마, 계란, 임성규(내 남동생이다), 박미경(이누에게 간식을 퍼주는 우리 엄마다), 치카치카.

아리는 "요가 가자!"와 "플렉토(필라테스) 가자!"를 알아듣는다. 이 말을 들으면 옷방으로 뛰어가 옷을 입히라는 듯 예쁘게 앉아 있거나, 타고 갈 외출 가방을 찾다가 엉뚱한 가방에(쇼핑백 같은) 들어가 있기도 한다.

두리는 '고구마'라는 말에 제일 크게 반응하는데("두리, 비트코인 줄까?" 하면 반응 없던 꼬리가, "고구마 줄까?"라고 말하면 정신없이 흔들린다), 고구마를 제일 좋아하는 두리에겐 "안 돼!"보다 "고구마!"라고 말하는 게 사고를 막는 데 빠르고 효과적이어서 두리를 멈추게 하고 싶거나 부르고 싶을 때는 "고구마!"라고 크게 외친다.

이누·아리·두리와 나는 '말'이라는 매개체를 쓰지 않을 뿐, 온몸과 온 마음으로 다 소통하고 있다. 가끔은 그런 생각도 한다. '오히려 말을 하지 못하기 때문에, 우리는 서로를 이해하는데 더욱 열심인 건 아닐까? 오히려 말로 소통하지 않기 때문에 쓸데없이 오해하거나, 상처 주는 일이 없는 건 아닐까? 그래서 온 맘으로, 온몸으로 더 사랑하게 된 건 아닐까?' 하고.

Chapter 14

찰나의
귀여움을
느끼는 재능

귀여움으로 꽉 찬 존재들

찬란한 빛을 방울방울 머금은
까만 눈동자 속에

반지르르 오돌토돌 까만 코 표면에

보들보들하고 따뜻한 털 결에

쌀알 같은 이빨 사이로 살짝 새어 나온
선홍빛 혓바닥에도

귀여움이 그득그득 차 있다

귀여우려고 태어난 게 분명한 존재들

우리 가족이 절대 잊지 못하는 날이 있다. 그때의 이누·아리는 아직 다른 사람이나 강아지들에게 아무런 편견도, 두려움도 없었다. 그런 이누·아리가 사람을, 특히 남자를 무서워하게 된 사건이 일어났다.

그날 밤 남편과 나는 각각 이누와 아리의 줄을 잡고 산책을 가고 있었다. 골목길을 빠져나와서 큰길을 지나 집 근처 공원으로 가던 길, 저쪽 끝에서 술 취한 아저씨 한 분이 비틀비틀 걸어오고 있었다. 난 그분의 휘청이는 걸음이 내 인생에 어떤 영향을 미치리라곤 그때까지 전혀 상상조차 하지 못했다. 그런데 아저씨는 갑자기 아리 쪽으로 걸어오더니, 아리를 발로 걷어찼다. 아리가 그 아저씨에게 달려든 것도 아니었다. 아리는 아저씨의 반대편으로만 '총총총총' 신나게, 오직 자신의 앞쪽만을 향해 걷고 있었을 뿐이다.

예상하지 못한 상황이었기에 아무 대응도 할 수 없었다. "으악!" 하고 비명을 지르는 것밖에는. 남편은 아저씨를 붙잡고 화를 냈지만, 나는 상황이 커질까 봐 겁이 나서 남편을 말렸다. 이누는 깜짝 놀라 짖기 시작했고, 아리는 몸이 딱딱해질 만큼 힘을 주고 온몸을 떨었다. 화를 내는 것 외에 우리가 할 수 있는 건 없었다. 그 아저씨를 고소한다고 해도 제대로 처벌할 법이 없다는 것도 잘 알고 있었다.

나는 꽤 오랫동안 느닷없이 터지는 눈물과 무기력한 감정 때문에 괴로웠다. 자신감을 잃었다. 내가 최선을 다해 노력하면 좋은 견주, 든든한 엄마, 믿음직한 반려인이 될 수 있을 줄 알았다. 그러나 그건 호기였고, 착각이었다. 이 작고 소중한 아이들을 내 노력만으론 지킬 수 없다는 생각이 들었다.

갑자기 찾아온 불운, 아무 이유 없는 폭력, 그러나 절대 돌이킬 수도, 피할 수도 없었던 사고. 대비할 수도, 대응할 수도 없던 어쩔 수 없는 상황에 분노했고 그러다 힘이 빠지면 엉엉 울었다. 분노의 대상이 누구인지도 정확히 알 수 없었다. 그 아저씨인지, 법과 제도인지, 반려견을 향한 세상의 인식인지, 나인지…

아리와 이누는 그전보다 경계하는 강아지가 되었다. 산책길이 예전만큼 편하지도, 마냥 즐겁지도 않아 보였다.

'왜 하필 아리에게, 왜 하필 우리에게 이런 일이 벌어졌을까.'

나도 막 만지지 못하는 소중한 아리에게 왜. 대체 왜. 우리는 아리가 부서질까, 다칠까 마음껏 세게 안지도 않았다. 조심조심, 천천히, 정말 소중히 대했다.

이런 사고는 강아지를 키우는, 반려동물을 키우는 누구에게든 생길 수 있는 일이다. 어떤 날은 내게 일어난 사건이 사소하게 느껴질 만큼 아주 끔찍한 일들도 많이 일어난다. 약한 동물에게 해를 가하는 사람들. 심지어 주인이 있는 동물에게까지 해를 가하는 사람들. 나는 그런 사람들을 증오하고 저주하지만, 굳이 그럴 필요가 없다는 걸 잘 알고 있다.

나의 증오와 저주가 더해지지 않아도 그들의 삶이 행복할 리 없다는 건 너무 자명한 일이다. 그들은 귀여운 걸 귀엽다고, 소중한 걸 소중하다고 느끼지 못한다. 당연히 주어져야 하는 공감 능력이 주어지지 못한 것이다. 보지 못하고, 듣지 못하는 것과 같다. 내가 보기엔 귀여움을 느끼지 못한다는 것은 일종의 결핍이다. 결핍에 허덕이는 지옥 같은 삶을 살고 있을 것이다. 그런 인간들이 과연 사랑이라고 잘할까. 우정이라고 돈독할까. 설렘, 애틋함, 감동, 위로, 기대. 이런 감정들을 알기나 할까. 당연히 모르고 살겠지. 보나 마나 불행하겠지.

그래서 난 그들의 불행만큼이나, 좋은 사람들의 행복을 믿는다. 우리 이누·아리·두리를 보고 '귀여워!'라고 반응하는 사람들! 횡단보도를 건너는 아주 짧은 순간 길에서 마주친 그 찰나의 귀여움에 시선이 멈춘 것이다. 그 예민한 감각. 세상의 귀여움에 그렇게 예민하게 반응할 수 있는 사람이라면 이누·아리·두리가 아니더라도 길에서 마주친 다른 강아지, 길가의 고양이, 예능·다큐멘터리·CF·인스타그램 피드 속 호랑이, 사자, 곰, 사막여우, 레서판다, 알파카의 귀여움을 느낄 것이다. 그렇게 찌릿! 하고 마음이 쉽게 간질거리고 나면 아주 행복해질 것이다.

"인사해도 될까요? 만져도 될까요?"라고 묻는 사람들은 자신의 시간을 내어 귀여움과 교감하려는 사람들이다. 강아지, 고양이를 위한 물그릇이 있는 카페와 식당의 사장님들은 귀여움을 이해하고 존중하는 사람들이다. 그뿐만 아니다. 기부를 하고, 봉사를 하며 더 적극적으로 이 세상의 귀여운 존재들을 지켜내는 사람들도 있다.

이 사람들은 내가 확신하건대, 분명히 행복할 것이다. 행복의 속도가 더뎌 아직 그 사람에게 찾아오지 않았다면 곧 무조건 행복해질 것이다. 그들에게만 있는 감각, 감정. 이것은 모든 사람에게 주어지지 않은, 신이 주신 재능이자 특권, 선물이니까!

Chapter 15

사람들은 참
잘도
웃나 봐

미소 메이커

나는 '웃상'이라는 소리를 자주 듣는다. 특히 힘들수록 더 웃음이 나는 편이라 피티(PT)선생님이 찍어준 사진을 보면 늘 웃고 있어서 선생님은 내가 운동을 정말 즐거워하는 것 같다고 말씀하시곤 했다. 사실 그 웃음은 진짜가 아니다. 숨이 꼴딱꼴딱 넘어가는 고통의 끝에서 짓게 된 가짜 웃음, 가면 같은 것이다.

하지만 나만은 나를 안다. 나의 진짜 웃음은 어떤 것인지, 내가 언제 진짜 웃는지를 말이다. 나는 종종 진짜 웃음을 짓고 있는 내 모습을 마주할 때가 있다. 다름 아닌, 이누·아리·두리의 까맣고 깊은 눈동자 안에서.

마음속 깊이 잔뜩 차 있던 반가움, 기쁨, 설렘, 행복, 사랑이 이누·아리·두리의 새까만 눈망울에 닿기만 해도 웃음으로 쏟아져 나온다. 제대로 여물어 살짝만 베어 물어도 머금었던 과즙이 왈칵 쏟아지는 탐스러운 복숭아처럼. 귀여움이 눈동자에 닿으면 뇌를 지나 얼굴 근육에게 명령한다. 광대근과 입꼬리를 올리고, 눈꼬리를 내리라고, 진정으로 환하게 웃으라고. 그 웃음은 내 몸 구석구석 흘러들어 온갖 미움과 걱정, 스트레스의 스위치를 내린다. 부정이라곤 말갛게 다 사라져버리고 만다.

그 순간이 너무 좋아서 눈을 더 크게 뜨고 눈동자 가득, 온 맘 가득 이누·아리·두리를 담으려고 애쓴다. 그럼 이누·아리·두리도 눈을 더 크게 뜨고 나를 바라봐 준다. 이건 나만의 경험이 아니다. 이누·아리·두리를 바라보는 사람들은 다 해맑게 웃는다. 평소에는 쉽게 지을 수 없는, 순도 100%의 말간 웃음. 이누·아리·두리는 생각할 것이다. 우리 눈동자에 담긴 모든 사람들은 참 잘도 웃는 것 같다고, 자기들만 바라보면 예쁘게 웃는다고. 사람들은 웃음이 참 헤프다고, 다들 행복한 것 같다고 말이다.

Chapter 16

아무것도
기대하지 않는
마음

환갑잔치

앞으로도 세상 모든 댕댕이들이
아프지 않고 오래오래 사람과 함께
살아가길 바라며…

오늘 환갑잔치를
마음껏 즐겨주시길 바랍니다~!

살면서 받는 가장 큰 상처는 아마도 가족이 준 상처일 것이다. 가장 사랑하는 사이니까, 가장 의지하는 사이니까. 가족에게 받은 상처는 그 어떤 상처보다 날카롭고 아프다. 잊은 척, 나아진 척, 용서하고 묻어두지만 오랫동안 앓았기에 흉터는 깊이 남는다. 끊어낼 수 없는 사이니까 자꾸만 되새기게 되고, 어디 다른 곳에 털어놓을 수도 없어서 두고두고 남는 것이다. 가족에게 상처받을 수밖에 없는 이유, 가족에게 상처 줄 수밖에 없는 이유는 서로를 사랑하는 만큼 서로에게 기대하는 게 너무 많기 때문일 것이다.

내 인생에 이누·아리·두리가 오기 전까지 난 가족이란 건 '어쩔 수 없는 사이'라고 생각했다. 이 관계 안에서의 기대와 상처는 사랑에 수반되는 필수 불가결한 조건이라고.

하지만 이제 안다. 아무것도 기대하지 않는 사랑도 존재한다는 걸. 나는 이누·아리·두리에게 아무것도 기대하지 않는다. 무언가 잘하기를, 무언가가 되기를 바라지 않는다.

그저 오늘 하루 아프지 않기를, 다치지 않기를. 내가 그릇에 따라 놓은 밥을 남기지 않고, 물을 충분히 마시고, 시원하게 잘 싸기를. 악몽 없이 단잠을 자고, 신나게 장난감을 가지고 놀고, 즐겁게 뛰어다니기를. 딱 그만큼을 바랄 뿐이다.

기대하지 않으니, 실망하지도 않는다. 밥을 먹지 않아서 공복토를 해도, 비싼 영양제를 다 흘려버려도. 엉뚱한 데 오줌을 싸서 휴지를 쌓아놓은 서랍장에 오줌이 새어 들어가도, 집에 들어온 엄마, 아빠가 너무 반가워 코트에 오줌을 지려놔도. 방금 산 인형을 시원하게 뜯어내 솜이 다 빠져나와도, 벽지를 뜯어도, 의자를 갉아 먹어도. 산책길에 도깨비 풀을 잔뜩 붙여와 2시간 동안 빗질을 해야 해도, 얼굴에 친구 똥을 묻혀와 목욕을 시켜야 해도 다 괜찮다. 그조차 다 귀엽다. 이누·아리·두리는 아무것도 안 해도 된다. 그저 내 옆에 있기만 하면 된다. 이누·아리·두리도 마찬가지다. 내가 더 잘하기를, 열심히 하기를, 무언가 되기를 바라지 않는다. 자랑하지 않고, 비교하지 않고, 그저 가만히 바라보며 기다려준다.

아니다. 다 거짓말이다. 사실 난 이누·아리·두리에게 너무 많은 것을 기대한다. 이누·아리·두리가 강아지의 평균 수명을 넘어서 더 긴긴 생을 살길 간절히 바란다. 매일매일 기도하고, 매일매일 그 눈을 마주 보며 다짐을 받아내듯 말한다.

"오십 살까지 살아. 엄마, 아빠 죽는 날까지 꼭 그때까지 살아. 죽어서도 같이 살아. 천국에서 꼭 만나서 영원히 같이 살아."

사랑한다는 건 기대하지 않을 수 없는 것일까. 어떻게든 상처 주고, 상처받을 수밖에 없는 것일까. 결국 내가 이누·아리·두리에게 기대하는 건 너무 크고 어마어마한 것이어서, 언젠가 이누·아리·두리가 떠나면 그만큼 어마어마한 상처를 받게 될 것 같다. 그 상처는 차마 상상해 보기도 싫어서, 더 이상 얘기할 수 없어서 이번 챕터는 여기서 끝.

13 환갑 잔치 축

Chapter 17

진짜 나를
알아주는
존재

강아지들은 다 알아요

엄마, 아빠가 좋아하는 것도,
두려워하는 것도,
걱정하는 것도,

우리는
아주 훤히 들여다보고 있다구요.

남편도 잠든 어느 밤, 옷방에 쪼그려 앉아 엉엉 울었던 날이 있었
다. 세상 누구보다 단단해 보였던 친구가 너무 힘들어서 아팠었
다는 말을 들은 날이었다. 그동안 너무 아팠는데, 그게 하필 보이
지 않는 마음이라 아픈 줄도 모르고 지내다가 숨도 쉬기 힘들어
졌을 때야 알아챘다고.

건디기 힘든 날을 혼자 보내고, 다 나아지고 나서야 그 얘기를
내게 털어놓았던 날. 나는 친구를 잃지 않았다는 사실에 안도하
면서도, 친구를 잃을 뻔했다는 두려움에 집에 돌아와 아이처럼
울었다. 그날 울고 있는 내 얼굴의 눈물을 끝없이 핥아준 건 이누
와 아리였다(두리가 아직 없을 때였다).

소중한 사람들, 가족과 친구들을 가까이 두고 살며 충분히 마
음을 나누고 있다고 생각하지만 진짜 나를 알고 있는 존재, 진짜
나를 내보일 수 있는 존재는 어쩌면 없을지도 모른다. 누구에게
든 아주 조금씩, 어느 정도는 나를 숨기며 살아가고 있다. 진짜
나보다 약간 더 밝은 척, 진짜 나보다 약간 더 강한 척, 진짜 나보

다 약간 더 똑똑한 척. 어떤 날은 나조차도 진짜 나를 잘 모르겠다. 강한 척 살아가지만, 사실은 약한 나. 이누·아리·두리는 이런 나를 간파해 버린 것 같다.

이누·아리·두리는 나와 산책을 나가면 유독 더 짖는다. 빠르게 지나가는 오토바이, 자전거, 킥보드. 자신들보다 빠른 걸 보면 우선 짖고 본다. 술 취한 사람들, 헬맷을 쓴 사람을 보고도 잔뜩 겁에 질려 짖기 시작한다. 이누의 짖음을 고치기 위해 행동교정 선생님을 만났을 때 선생님께선 이렇게 말씀하셨다. 이누는 엄마를 지켜야 한다고 생각한다고. 오토바이, 자전거, 킥보드로부터, 술 취한 사람과 헬맷을 쓴 사람들로부터 말이다.

잘 숨겼다고 생각했겠지만 이누는 다 알고 있었을 거라고 했다. 빠르게 달리는 것들을 보면 엄마가 갑자기 멈춰 선다는 것, 무서운 사람들이 나타나면 엄마는 자신과 연결된 줄을 짧게 잡고 지나치게 살금살금 걷거나 걸음을 재촉해 뛰기 시작한다는 것.

엄마를 놀라게 한, 엄마를 긴장시킨 것들로부터 약한 엄마를 지키려고 하는 이누·아리·두리. 어차피 이누·아리·두리는 다 아니까, 숨긴다고 해도 숨길 수 없으니까. 나는 이누·아리·두리 앞에서 정말 솔직해질 수 있다. 울고 싶을 때 울고, 약해지고 싶을 때 약해지고, 웃고 싶을 땐 크게 웃는다. 모두에게 완전히 숨겼다고 생각했던 내 안의 나를 간파해 버린 이누·아리·두리를 위해 나는 진짜로 잘 살아가야 한다. 강한 척이 아닌 진짜 강함. 행복한 척이 아닌 진짜 행복함. 진짜 나를 아는 유일한 존재들에겐 진정 강하고 행복한 엄마이고 싶다.

Chapter 18

마음껏
사랑하고
싶어요

가족 관계도

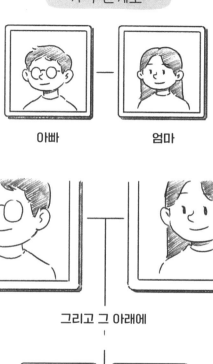

아빠 — 엄마

그리고 그 아래에

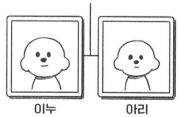

이누   아리

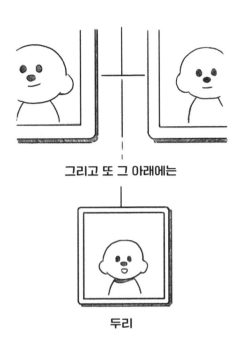

그리고 또 그 아래에는

두리

이누·아리·두리와 함께 탄 엘리베이터에서 이웃들을 마주치면 나도 모르게 사람들의 표정부터 살피게 된다. 조금이라도 싫은 기색을 내비치는 분들이 있다면, 난 이누·아리·두리를 품에 안은 채 안쪽 구석으로 들어가 벽면을 보고 뒤돌아선다.

예전에 살던 동네엔 육교가 하나 있었는데, 근처에 수녀원이 있어서 육교 위에서 종종 수녀님들을 마주치곤 했다. 마주칠 때마다 인상 깊어 유독 자주 마주친다고 느껴지던 수녀님이 있었는데, 그분은 강아지를 정말 너무너무 싫어해서 저쪽 멀리서부터 이누·아리·두리가 나타나면 호들갑을 떨며 난간 쪽으로 붙으셨다. 코로나19가 유행하기 전이라 마스크를 쓰지 않아서 치를 떠는 그분의 표정이 있는 그대로 보였다. 괴성에 가까운 소리를 지르며 뛰어가시곤 했는데, 그 태도가 강아지들을 더 흥분시킬 때도 있었다.

멀리서라도 내가 먼저 그분을 발견하고 다른 길로 돌아서 가거나, 그분이 육교를 다 건널 때까지 기다렸다가 간 적도 많았다. 그분은 그분대로 강아지를 데리고 다니는 내가 싫으셨겠지만 나

역시도 그분을 마주치는 게 불편했다. 매번 상처받았다. 그 수녀님에게는 강아지에 대한 트라우마가 있을 수도 있고, 강아지 털알레르기가 있을 수도 있다. 하지만 노골적으로 싫은 기색을 내비치는 건 예의의 문제라고 생각한다. 싫어하는 걸 마음껏 싫어하는 것, 싫은 마음을 숨기지 않는 것. 강아지는 물론, 강아지를 키우는 나에 대한 혐오. 그 거침없는 불호를 마주할 때마다, 혐오의 눈빛과 표정을 마주할 때마다 난 마음 한구석을 날카롭게 베인 듯한 느낌을 받는다. 존중받지 못한 서러움, 억울함, 분노 같은 것.

그들에게 가까이 가지 않기 위해 목줄을 짧게 잡고, 급하게 안아 올리다가 이누·아리·두리를 놀라게 할 때면, 내가 이누·아리·두리를 숨기려 했다는 죄책감이 든다. '혐오'로부터 이누·아리·두리를 지키지 못했다는 생각에 내가 아주 형편없는 엄마처럼 느껴지기도 했다. 그들에게 예의를 차리기보다 이누·아리·두리를 소중히 하는 데 더 치중했어야 했나, 혼란스러웠다.

아니다. 그들이 더 이상 강아지를 싫어하지 않도록, 강아지를 사랑하는 사람들을 상처 주지 않도록 더 조심해야 한다. 더 친절하게, 더 매너 있게 굴어야 한다. '반려 가족은 다 좋은 사람들이야', '반려 가족들은 깔끔하지'라는 인상을 줄 수 있도록.

하지만, 예의 없게 구는 사람들에게 예의를 갖춘다고 그들의 태도가 변화할까? 혐오엔 혐오로 맞서야 했나? 나는 아직 결론을 내지 못했다. 다만 간절히 바랄 뿐이다. 반려 가족 역시 좋다 싫다, 로 평가할 수 없는 온전한 가족의 형태라는 걸 존중받기를.

다행스럽게도 세상엔 그런 분들이 훨씬 더 많다. 이누·아리·두리를 사랑스러운 눈길로 바라봐 주는, 있는 그대로 존중해 주는 따뜻한 분들. 우리 아파트 이웃들은 정말 따뜻하다. 가끔 마주치는 츤데레 아저씨는 늘 화가 난 표정으로 엘리베이터를 타는데 이누·아리·두리를 보면 슬며시 웃으신다. 그리고 슬쩍슬쩍 보다가 내릴 때 툭 말한다.

"녀석 참 귀엽네(두리). 곱네(아리). 늠름하네(이누)."

다른 동에 사는 한 남자아이는 한겨울에도 슬리퍼를 신고 킥

보드를 타고 다니는 모습 때문에 장난꾸러기 같아 보이는데, 이누·아리·두리를 만나면 킥보드에서 내려 살금살금 걸어온다. 그리고 뒤따라오던 꾸러기 패거리들에게 다 내리라고 명령 아닌 명령을 한다. "강아지 놀라니까, 내려서 걸어오라고!"(이 꼬마가 커서 대통령이 되었으면 좋겠다)

이 외에도 이누·아리·두리를 보면 늘 인형 같다고 칭찬해 주는 꼬마 소녀와 무지개 다리를 건넌 자신의 반려견을 그리워하는 노부부, 문을 열어주고 기다려주시는, 정겨운 인사와 칭찬을 건네는 친절하고 사랑스러운 이웃들이 정말 많다. 그분들이 있어 힘을 내고 위로를 받는다. 세상엔 내 사랑을 존중해 주는 좋은 사람이 더 많은 것 같으니 마음껏, 마음 편히 사랑하며 살아야겠다고!

Chapter 19

버리는
마음과
찾는 마음

집단 인성의 힘 – 그룹채팅방

방금 전 복순이(시츄 암컷 / 6kg)를 중랑천 공원 부근에서 산책 중에 놓치셨다고 합니다.
혹시 근처에 계신 분 한번 찾아봐 주세요…ㅠ

아이고…. 복순아….

중랑천 공원 부근이면 살곶이 근처인가요?
저 지금 산책 중인데….

복순이 어머님이 스마트폰을 안 쓰셔서 제가 대신 올려요.
혹시라도 찾으시면 제게 말씀해 주세요.

네, 살곶이 근처 맞아요…! 거기 계시면 찾아봐 주세요 ㅠ
색깔은 흰색/검은색 섞여 있대요!

네, 한번 찾아볼게요! ㅠ 빨리 발견되어야 할 텐데….

복순이 사진 있나요? 제 인스타에도 올려둘게요!

잠시만요, 복순이 어머님한테 사진 보내달라고 할게요.

위험한 곳으로 안 다녀야 할 텐데…! ㅠㅠ

사진 이걸로 올려주시면 됩니다!

헉, 전 이제 봤어요! 저도 지금 살곶이 쪽으로 산책가려던 참인데 같이 찾아볼게요!

복순이 어머님 체취가 남은 옷가지를 곳곳에 두면 냄새 맡고 거기에 머무르기도 한대요!

아, 네네. 복순이 어머님께 전달할게요!!

저녁 되면 쌀쌀해질 텐데 얼른 찾아야겠네요. ㅠ 저도 이제 퇴근하니까 그쪽으로 한번 둘러볼게요!

저도 지금 살곶이로 출동합니다!

지금 연근마켓 보니까 응봉역 근처에 떠돌이 시츄 한 마리 제보 떴어요! 혹시 복순이 아닐까요?

저 응봉역 근처 카페인데 바로 나가볼게요!

멀리서 찍어서 흐릿하지만··· 복순이 맞는 거 같은데요?

그쵸? 지금 남편이랑 같이 간식 들고 복순이 유인 중이에요!

제발 간식 먹으러 와줘, 복순아···! ㅠ

복순이 잡았어요!
지금 저희 카페에서 물 마시고 쉬고 있으니까
데리러 오시면 될 거 같아요-! ^^

응봉역 앞에 "두리커피" 찍고 오시면 됩니다-!

와!! 다행이에요!

복순아ㅠㅠ 이제 엄마한테 딱 붙어 다녀ㅠㅠ

더 어두워지기 전에 찾아서 진짜 다행이에요ㅠㅠ

여러분들 덕분에 빨리 찾았다고 복순 어머님이 너무 감사하대요. ㅠ

스마트폰 문자를 못 하셔서 이걸로 감사 인사 꼭 전해달라고 하시네요…!

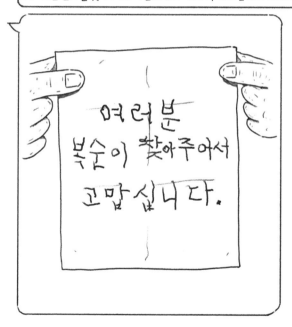

SNS에서 팔로우하는 동물 보호 단체와 반려동물 관련 커뮤니티가 많다 보니 하루에도 몇 번씩 다양한 장소에 다양한 방식으로 버려진 수많은 동물들의 사연을 접하곤 한다. 또 그만큼 다양한 상황에서 반려동물을 잃어버린 사람들의 안타까운 이야기들도 자주 만난다.

자신이 버려진 길가에 앉아 하염없이 가족을 기다리고 있는 강아지의 이야기가 한 동물 보호 단체 SNS에 올라왔다. 사진으로 마주한 강아지의 텅 빈 눈동자. 그 눈빛은 몹시도 지쳐보였다. 드세게 내리치는 비를 온몸으로 맞으면서도 차마 떠나지 못했다고 한다. 낮이면 여름처럼 덥지만, 밤이면 패딩 점퍼를 입어야 할 만큼 추운 날이 이어지던 늦봄. 처음엔 혼란이, 나중엔 지루함이, 더 지나선 두려움이 찾아왔을 것이다.

그보다 더 많은 시간이 흘러, 주변을 지나던 사람들의 반복적인 제보로 보호 단체가 그 강아지를 구조하러 갔을 땐 모든 것을 포기한 듯한 눈빛으로 순순히 켄넬(Kennel) 안으로 걸어 들어갔다고 한다. 아무런 저항도 없이 담담히. 더 이상의 기다림이 무의

미하다는 것을 깨달았던 걸까.

여러 감정이 강아지의 마음을 지나가고, 결국 '포기'에 이를 때까지 이 아이를 버린 사람들은 어떤 마음으로 지내고 있었을까. 그 마음이 절대 '홀가분'은 아니길, 인간이라면 적어도 '죄책감' 정도는 가지고 살길 바란다. 인생의 시련이 찾아올 때마다 모든 불운이 그 때문이었다고 떠올리길, 끝끝내 후회하고 아파하길 바란다.

온전한 상태로 유기하는 것이 차라리 낫다고 생각할 만큼, 끔찍하고 잔인한 방식으로 자신이 키우던 반려동물들을 버리는 사람들도 많다. 병든 반려견을 땅속에 묻어 버렸던 사건에 많은 사람들이 분노했지만, 뉴스에 보도되지 않은 크고 작은 사건들이 더 많이 있을 것이다.

가족처럼 보살피던, 아니 가족으로 보듬던 강아지를 잃어버린 사람들의 애끓는 사연 역시 이 세계에 존재한다. 강아지를 잃어버렸다는 이유로는 CCTV를 볼 수 없다고 한다. 열린 문틈 사이로 강아지가 집을 나가거나, 줄을 놓쳐 강아지를 잃어버리게 되면 견주는 전단지를 붙이고, 동네 사람들이 볼 수 있는 여러 게시판에 사연을 올리며 도움을 요청한다.

강아지를 찾지 못하는 날이 하루 이틀 길어질수록 실종 전단지를 붙이는 반경은 점점 넓어진다. 여름에는 점점 더 더워져 목이 마르고 탈진하기 쉬운 날씨를, 겨울에는 점점 더 추워져 생명이 위협받는 밤을 걱정하며 사연을 접한 다른 사람들은 구획과 시간대를 나눠 함께 실종 강아지를 수색하기도 하고, 때론 돈을 모아 현수막 제작 비용과 현상금을 마련할 때도 있었다.

언제든 나 또한 강아지를 잃어버릴 수 있다는 두려움, 강아지를 키우고 있는 사람들끼리의 연대감으로 길 잃은 강아지를 찾아 헤매는 것이다. 그렇게 많은 사람들의 눈이 CCTV의 역할을 대체하고, 수많은 제보가 쌓여서 잃어버린 강아지는 다시 가족의 품으로 돌아갈 기회를 얻기도 한다.

예전에 살던 동네에서 잃어버린 강아지를 찾기 위해 전단지를 붙이고 있는 할아버지를 본 적이 있다. 할아버지는 우리 집 바로 앞 전봇대부터 많은 사람들이 왕래하는 편의점 앞, 동네 신호등까지 정말 많은 장소에 전단지를 붙이셨다. 사실 난 할아버지의 전단지를 보면 볼수록 할아버지가 강아지를 찾지 못할 수도 있겠다는 걱정이 들었다.

할아버지의 전단지는 일반적인 강아지 실종 전단지와는 너무도 달랐다. 사진 한 장이 없었다. 강아지의 종은 무엇인지, 몸무게는 몇 킬로그램인지, 크기는 어느 정도인지 아무것도 알 수 없었다. 하지만 할아버지 시선에서의 묘사가 아주 자세히 적혀 있었다.

"몽이는 털이 갈대처럼 아주 보드라워 쓰다듬으면 기분이 좋다. 배 쪽엔 갈색 반점이 있는데 자세히 보면 하트 모양 같다. 눈은 바둑돌처럼 아주 까맣다. 이름을 부르면 자기를 부른 사람을 아주 빤히 바라본다. 꼬리 털이 몸에 비해 더 꼬불꼬불하다."

손으로 직접 한 자 한 자 눌러쓰신 그 마음. 할아버지가 자신의 강아지를 얼마나 예뻐하고 귀여워하는지, 사랑하는지가 담뿍 느껴지는 글이었다. 하지만 할아버지가 쓰신 내용만으론 강아지를 찾기 어려워 보였다. 길거리에 돌아다니는 강아지를 만져보면서 털이 얼마나 부드러운지 느껴보거나, 배의 반점까지 확인할 수 있는 사람은 없을 것 같았기 때문이다. 그럼에도 불구하고 할아버지는 온 동네를 전단지로 도배해 버릴 각오라도 한 건지 온종일 전단지를 붙이고 나눠주셨다.

할아버지의 간절함이 집 나간 강아지에게까지 전해졌는지 몽이는 결국 스스로 집에 돌아왔다고 한다. 집안을 넘어, 온 동네를 발칵 뒤집어 놓은 몽이의 (조금 긴) 외출 대소동! 몽이는 할아버지의 묘사 그대로였다. 할아버지와 몽이가 산책하는 모습을 볼 때마다 나는 사랑스러운 둘의 모습에 혼자 미소 짓곤 했다. 몽이도 할아버지가 붙인 전단지를 본 게 아닐까. 하긴, 동네를 돌아다녔다면 보지 않을 수도 없었을 것이다.

버리는 마음과 찾는 마음. 극과 극의 두 마음 사이에 공통점이 있다면 둘 다 강아지와 가족이었던 사람들의 마음이라는 것이다. 누군가는 버렸고, 누군가는 찾는다. 찾는 마음은 나 또한 안타까운 마음으로 함께 기도하고 물심양면으로 돕겠지만, 버리는 마음은 어떻게 대해야 할지 도통 모르겠다. 버릴 거라면 왜 키우기 시작했는지, 처음엔 어떤 마음으로 가족이 되길 결심한 건지, 반려동물을 가족이라고 생각하긴 한 건지. 한순간이라도 가족이었던 적이 있다면 가족도 버릴 수 있는 건지. 이 질문의 꼬리 끝엔 왠지 모를 서늘함이 남는다. 애초에 가족이 아니라고 생각했든, 한때는 가족이라고 생각했더라도 자신의 형편과 사정이 여의치 않으면 가족을 언제든 버릴 수 있는 존재라고 생각했든…. 어느 쪽이든 그 답을 듣는 것이 무섭다.

　찾는 마음과 버리는 마음. 두 마음은 다 반려견을 키웠던, 반려 가족의 마음이다. 이 두 마음이 한 하늘 아래 공존하는 세상 속, 나는 이누·아리·두리의 가족으로 살아가고 있다. 나는 가끔 내 친정 식구들, 특히 우리 엄마에게 말하곤 한다. 만약 나와 내 남편이 불의의 사고를 당하게 된다면, 제발 이누·아리·두리를 부탁한다고. 얼마 안 되는 재산이지만, 보험이며 부동산이며 현금이며 모든 걸 다 주겠다고.

그럼 우리 엄마는 어이없다는 듯이 웃으며 대답한다. 그런 거주지 않아도 이누·아리·두리는 엄마가 키울 거라고. 나 없이는 살아도(?) 이누·아리·두리 없인 못 산다고 말이다.

Chapter 20

처음부터
나쁜 개는
없다

그냥 푸들이 아니에요

이누·아리·두리는
(또 많은 다른 강아지들은)
그냥 강아지, 그냥 푸들이 아니라

재밌던 산책 코스에 대한 코딩

오! 서울숲이다!
서울숲 산책 코스
재밌었는데!

맛없는 음식에 대한 코딩

큰 고양이가 무서웠던 기억에 대한 코딩

엄마, 아빠 목소리와 냄새가 코딩된···

세상 단 하나뿐인 유일종.

이누·아리·두리에게 나쁜 구석이 하나라도 있다면, 그 모든 건 결국 내가 만들어낸 것이다.

처음 만난 이누는 밥 먹는 것도 잊어버린 채 하루 종일 장난감만 가지고 노는 '놀이 중독 아가'였다(지금의 먹성으로는 도저히 상상할 수 없지만!). 새 장난감을 사준 날부터 잠도 안 자고 놀아대더니 어느 날 콜록콜록 기침을 하기 시작했다. 의사 선생님의 진단과 처방은 아주 간단했다. 밥을 잘 챙겨 먹고, 깊이 잠들 수 있도록 시간을 정해놓고 장난감을 꺼내줄 것!

이누는 잘 먹고 푹 자지 못한 탓인지 비슷한 주수의 다른 강아지들 대비 성장이 더뎠다(그전번 병원에서 쟀던 체중에서 거의 변화가 없었던 것이다). 그뿐만이 아니었다. 기침이 멎을 때까지는 예방접종을 피해야 해서 3차 접종을 일주일 더 미루게 되었다. 그만큼 산책할 수 있는 날 역시 늦어지게 되었다. 놀이 시간 외에는 장난감을 주지 않았고, 더 맛있게 만들어주면 밥을 먹을까 싶어서 밥위에 계란 노른자 부순 것을 올려주기도 했다. 이누는 밥이 맛있다는 걸 알게 됐는지 밥그릇을 피하지 않고 열심히 집중해서 먹기 시작했다.

그리고 일주일 후, 기침 경과를 확인하기 위해 병원을 갔을 때 의사 선생님은 깜짝 놀라며 말씀하셨다. 몸무게가 지나치게 늘었는데 사료를 너무 많이 주신 건 아니냐고. 적정한 성장 몸무게라는 게 있으니까, 다시 사료량을 조절해 보자고.

그즈음 우리 집에 아리가 왔다. 아리와 이누의 접종 일정을 맞추는 게 좋다는 의사 선생님의 의견에 이누의 3차 접종은 그렇게 또 미뤄지게 되었다. 자연스레 산책도 더 늦어졌다. 3차 접종을 끝내고 첫 산책을 나갔을 때 이누·아리는 이미 바깥세상이 너무도 두려운, 겁 많은 강아지가 되어 있었다.

오토바이, 자전거, 킥보드, 유모차는 물론이고 강아지, 꼬마 아이, 바람에 날리는 낙엽, 움직이지 않고 우뚝 서 있는 신호등이나 표지판까지 모든 게 무서웠던 이누·아리는 몸을 벌벌 떨며 동상처럼 버텼다. 줄을 아무리 당겨도, 안아주겠다고 두 팔을 벌려도 움직이지 않던 이누·아리. 산책이 너무 늦어진 탓에, 사회화가 더

더진 것이 속상했다.

겁이 많고 두려움을 잘 느끼는 강아지는 쉽게 짖는다. 짖는 방식으로 감정을 표현하는 강아지에겐 여러 가지 사고가 생길 수 있다. 짖다 보면 쉽게 흥분하게 되고 흥분이 극에 달하면 입질로 이어진다.

두리가 태어나고 나서, 이누·아리의 두려움은 점차 예민함으로 변화하기 시작했다. 아리는 출산 직후부터 하반신에 손길이 닿는 것을 피했다. 낯선 사람이 만질 땐 무서워서 참는 편이지만 여러 번 본 사람들, 특히 가족들에겐 절대 참아주지 않는다. 생식기 부분을 닦아주거나, 위생 미용을 할 땐 으르렁거리다 결국 입질을 하기도 한다. 이누의 예민함이 심해져 사나움으로 변질된 건 두리가 다른 강아지에게 물려 돌아온 이후부터였다.

두리는 간식을 보고 흥분한 다른 강아지에게 물려 귀와 눈 아래를 다쳤다. 천만다행으로 눈에는 이상이 없었지만, 눈꺼풀 아래쪽과 귀에는 상처가 났다. 아주 새까맣게 선명했던 눈꺼풀엔

하얀 빈틈 같은 흉터가 생겼다. 병원에서 치료를 받고 돌아온 두리의 주변을 맴돌며 마치 수사라도 하듯 킁킁, 오래도록 냄새를 맡던 이누·아리를 보면서 나는 아픈 두리뿐만 아니라, 두리의 보호자인 이누·아리에게도 몹시 미안했다.

'내가 두리를 데리고 외출하지 않았더라면, 내가 두리를 계속 안고 있었더라면…'

모든 게 내 탓이라는 생각에 이누·아리·두리 모두에게 너무 미안했다. 이누는 그 후로 낯선 사람뿐만 아니라 아리·두리 외에 모든 강아지를 경계하고 있다. 그 이후, 돈과 시간을 들여 여러 강아지 훈련 교육 기관에 다니기 시작했고, 여러 선생님의 솔루션을 받아 다양한 훈육을 시도해 보았다. 사고는 한순간이지만 해결하는 데에는 너무 오랜 시간이 걸린다. 우리 가족은 그때의 사고를 극복하기 위한 노력을 아직도 진행 중이다.

사고는 피하는 게 상책이라는 생각에 다른 강아지들과 만나게 되는 반려견 동반 카페, 운동장, 펜션은 차마 엄두도 내지 못한다. 대신에 잔디밭을 좋아하는 이누를 위해-비용 부담을 감수하고서라도- 독채 펜션으로 여행을 가기 시작했다.

　다른 강아지 친구가 우리 집에 놀러 오면 이누는 자신의 집임에도 불구하고 입마개를 한다. 답답함에 헥헥거리는 이누를 보고 있으면 내가 다 갑갑하지만 이누·아리·두리와 다른 친구의 안전을 위해선 이 방법이 최선이다. 가끔 옛날 사진이나 영상 속에서 입마개 없이 다른 친구들과 뛰어노는 이누를 보고 있노라면 지나간 시간들이 꿈만 같다. 시간을 돌릴 수만 있다면 딱 그때로 돌리고 싶다. 두리의 사고가 일어나기 직전, 이누가 세상 모든 게 두려워서 사나워지기 직전으로.

　모든 건 다 나의 선택이었다. 이누에게 사준 장난감, 이누의 밥 위에 뿌려준 계란 노른자 토핑, 아리를 데려온 일, 두리를 데리고 외출한 일. 이누가 처음부터 무는 개, 사나운 개는 아니었다. 나의 선택으로 이누가 경험하게 된 일들이 지금의 이누를 만들었다. 아리가 처음부터 예민하고 앙칼졌던 건 아니었다. 너무 힘들었던 출산과 육견의 경험이 지금의 아리를 만들었다. 두리가 처음부터 소심한 겁쟁이는 아니었다. 사고 이후 자신에게 다가오는 다른 강아지들에게 극심하게 사나워지는 아빠 이누를 보면서 천진난만하고 발랄했던 두리는 친구들을 피하는 '쫄보'가 되었다.

이누·아리·두리의 하루하루와 매 순간은 내가 결정하니까, 내 강아지의 경험은 모두 내가 만들어낸 나의 선택이다. 이누·아리·두리의 역사는 결국 내가 써 내려간 역사. 그래서 난 이누·아리·두리의 모든 것에 책임감을 느낀다. 그것이 다른 사람들의 눈살을 찌푸리게 할지라도 그런 나쁜 부분들까지 보듬을 것이다. 사랑하니까, 미안하니까.

두리의 눈엔 아직 흉터가 남아 있다. 난 두리의 눈에서 그 흉터를 마주할 때마다 날카로운 죄책감에 사로잡힌다. 그러다 왈칵 눈물이 날 것 같으면 이누·아리·두리, 손에 잡히는 귀여운 아이들을 꽉 안아 눈물을 꾹 눌러 낸다. 미안하고 후회돼서 더 사랑한다. 사랑해서 더 미안해지고 더 후회한다. 후회 역시 사랑에서 비롯될 수 있다는 기적을 느낀다. 나는 끝없이 깊어지는 사랑의 기적을 실감하며 살아가고 있는 것이다.

Chapter 21

귀한 걸
귀하게 여기는
기쁨

범동물적 사랑

나는 고기를 먹는다.

동물을 좋아하지만,
육식을 끊는 건 조금 벅차니까

동물을 너무
사랑하지만…

육식을 끊는 건 아직…!
으으, 괴롭군…!

그래서 찾은 타협점으로,

흐음…!

동물 복지 인증된 식품 먹기.
[다른 사람들과 함께인 회식 자리에서는 어쩔 수 없지만]

이누·아리·두리를 비롯한
세상의 귀여운 존재들을 위해

할 수 있는 범위 내에서
'범동물적 사랑'을 실천하려고 나름 노력 중이다.

때마다 주는 밥도 잘 먹지 않고, 밥을 안 먹으니 억지로라도 먹여보려던 간식도 늘 거부하던 아리가 밥과 간식을 다 챙겨 먹고도 냉장고 앞에 앉아 있던 밤, 난 아리의 임신을 예감했다. 다음 날 우린 아리를 데리고 병원에 갔고 초음파 영상 속에서 처음 이누·아리가 만든 아가들(두리와 하늘나라로 떠난 두리 동생), 그 사랑스러운 존재들을 확인했다.

아리의 임신 기간 중 특히나 놀라웠던 건 이누가 좋아했던 노란 파프리카를 아리가 엄청나게 열심히 먹었다는 것이다. 뭐든 잘 먹는 게 아리의 입덧이었다. 이누가 좋아하던 계란, 과일, 야채, 고구마, 요거트를 유독 열심히 찾아 먹는 아리의 먹덧을 지켜보면서(두리를 낳은 후엔 입에도 대지 않는다) 아리 뱃속의 아기들이 이누를 빼닮았다는 걸 눈치챘던 것 같다.

우리 부부는 밖에선 안이 보이지 않도록 칸막이를 쳐 잘 막아두고 소독까지 깨끗하게 끝낸 출산 공간을 마련했다. 아리는 최선을 다해 뱃속의 아기들을 품었고, 출산 직전 우리 부부가 만들어 놓은 안전한 산실에 들어가 홀로 통증을 참아내며 두 마리의 새끼를 낳았다.

두리 동생은 떠났지만, 두리는 남아 있었기에 아리는 최선을 다해 두리를 보살폈다. 두리에게 젖을 물리기 위해 꼬박꼬박 황태 미역국과 밥을 챙겨 먹었고, 피멍이 든 젖멍울이 많이 아팠을 텐데도 거르지 않고 젖을 물렸다.

출산 전까지는 늘 나에게 안겨 자던 아리였기에 거실 구석에 마련해 둔 산실, 그 낯선 잠자리에서 자는 게 불편했을 것이다. 나는 가끔 새벽녘이면 침대 위에 올라와 내 품을 파고드는 아리를 느낄 수 있었다. 아리는 평소처럼 살포시 안겨 잠들었다가 두리가 칭얼거리는 기척이라도 들리면 부리나케 달려나갔다.

아리는 두리가 싸는 똥과 오줌, 두리의 생식기를 핥으며 몸 상태를 체크했다. 눈도 채 뜨지 못한 두리가 배를 밀며 집 안 여기저기를 기어 다닐 때부터 눈을 뜨고 뒤뚱뒤뚱 걸음마를 할 때, '총총총총' 뛰기 시작할 때까지. 행여 어디 위험한 곳에 부딪칠까, 높은 곳에서 떨어질까 계속 쫓아다니며 두리를 지켰다.

어느 시점부터는 이누도 육아에 참여하기 시작했는데 두리에게 계단을 오르는 법, 화장실에 가는 법, 장난감을 갖고 노는 법을 가르쳤다. 이 시기 이누는 두리의 모든 것을 용서했다. 잠든 이누의 품속으로 두리가 파고드는 것, 몸 위에 올라타거나 귀나 꼬리를 잡아당기는 것, 자신의 밥을 뺏어 먹으려고 하는 것, 자기가 갖고 놀고 있던 장난감을 물어가는 것, 자신의 생식기를 아리의 젖인 줄 알고 물려고 하는 것까지(심지어 중성화 수술을 한 지 얼마 안 되어서 그 부위가 아팠을 텐데도). 이누는 두리의 모든 것을 다 이해했다. 마치 자기가 아빠라는 걸 아는 것처럼, 두리가 아기라는 걸 이해하는 것처럼, 아리를 쉬게 하려면 자신이 뭐라도 해야 한다는 걸 잘 알고 있는 것처럼 말이다.

우리 부부는 가까이에서 그 모든 역사를 지켜보았다. 그 수고를 나누지 못해 미안했고, 최선을 다해 부모의 몫을 해 나가는 아리와 이누가 기특했고, 그렇게 선물 같은 두리의 귀여움을 볼 때마다 감사했다. 난 하나의 생명이 어떻게 만들어지는지, 어떻게 길러지는지를 알게 되었다. 단언컨대 소중하지 않은 생명이란 이 세상 어디에도 없다. 모든 생명은 귀하다. 한 마리의 새끼를 낳고 길러내기 위한 과정에서 엄마, 아빠의 희생과 노력은 인간과 다르지 않으니까.

나는 2년 전부터 고기를 먹지 않는다. 긴 장마가 왔던 여름이었다. 폭우를 피해 계속해서 위로 도망치던 소들이 지붕 위에 모여 있던 사진이 기사화되었다. 나는 그 기사 밑에 달린 댓글을 읽고 나서 마음이 철렁 내려앉는 것을 느꼈다.

'저렇게 악을 쓰고 살아봐야 도축장에 가겠지. 밥상 위 고기가 되겠지.'

내가 그 댓글을 읽고 느꼈던 서늘함의 이유는 분명했다. 틀린 말이 아니었기 때문이었다.

그날 오후, 나는 이누·아리·두리와 자주 가던 카페에 들렀다가 그 카페에서 임보 중인 새끼 강아지를 만났다. 시골에 있는 카페 사장님의 친정집 개가 낳은 새끼였는데, 그대로 두었다간 동네 어르신들이 집어갈 게 뻔해서 데려오신 거라고 했다. 공기 좋고,

마당도 넓은 시골에서 자라는 게 뭐 어때서 그러시냐고 물었더니 사장님은 아주 충격적인 얘길 들려주셨다.

그렇게 데려간 강아지를 기르다가 복날이 되면 잡아먹는다고. 어떻게 키우던 강아지를 잡아먹을 수 있냐고 하면, 키우던 소·돼지·닭도 다 잡아먹는데 뭐가 문제냐고 되려 따지신다고 했다. 나는 오전에 봤던 기사 속 소들을 떠올렸다. 지붕 위의 소들도, 시골에서 태어난 강아지도 우리 집 두리처럼 어미가 힘들게 낳아 기른 소중한 생명이다. 소·돼지·닭은 되는데 개는 안 된다고, 개는 우리의 친구라고 말하는 게 과연 맞는 것일까. 그런 말로 식용 견이 따로 있다고 키우던 개도 먹을 수 있다고 말하는 사람들을 설득할 수 있을까. 나는 그날부로 결심했다. 더 이상 귀여운 존재들을 먹지 않겠다고.

고기를 먹지 않는다는 말을 완전한 채식주의자, 비건으로 이해하시는 분들이 종종 있는데 엄연히 말하면 난 페스코테리언(비건의 종류 중 적색육, 백색육을 먹지 않는 것)이다. 돼지고기, 소고기, 닭고기 등은 먹지 않지만 생선, 달걀, 유제품은 먹고 있다. 늘 먹던 것, 좋아하던 것을 먹지 않겠다는 선택에는 굳은 결심과 부단한 노력이 필요했다.

나의 이런 선택에 상처받은 분도 있었다. 귀여운 것을 먹지 않으려고 노력하지만 물고기는 먹고 있다는 말에 상처받으셨던 한 PD님이 그 주인공이다. 그분은 집 안 곳곳에 10종이나 되는 다양한 종류의 물고기들을 키우고 계신 물고기 애호가, 약 30마리 물고기의 아빠이시다. 그분은 내게 물고기는 귀엽고 사랑스럽지가 않은 거냐고 안타까워하셨다. 생선을 사다가 가끔 그분을 떠올릴 때면 웬만하면 생선 대신 식물성 단백질이나, 대체육을 먹어야겠다고 생각한다.

나는 내 결심과 실천이 완전하다고 생각하지 않기에, 다른 사람에게 나의 선택과 실천을 강요할 마음은 없다.

우선 모든 사람이 고기를 먹지 않는다면, 나에게 일을 주시는 몇몇 클라이언트분들의 생업이 깜깜해질 것이다. 나는 종종 청정 자연에서 현대적이고 과학적인 사육 방식을 통해 동물 복지적으로 돼지나 소, 닭을 기르는 축산업 브랜드 혹은 제품의 카피를 쓴다(참고로 내 직업은 카피라이터이다). 그럴 때면 더욱 마음을 담아 잘 쓰려고 노력한다. 동물 복지 고기를 소개하는 이 카피가 사람들의 변화에 아주 조금이나마 좋은 영향을 미치길 바라면서. 동물 복지 고기를 선택하고 싶게 만들기 바라면서 말이다. 또한 나 역시 소비자로서 이누·아리·두리를 위해 고기가 들어간, 심지어 고기 함량이 높다고 하는(이게 건강에 더 좋다고 해서….) 사료를 사고, 가끔은 정육점에서 사 온 고기로 이누·아리·두리의 간식을 직접 만들기도 한다. 그러면서 남편이 먹을 고기도 같이 사곤 하는데, 그럴 때마다 동물 복지 인증을 받은 고기를 사려고 노력하는 것이다.

나의 선택으로 고기를 좋아하는 내 남편의 식단이 변화했다. 전보다는 고기를 먹는 횟수와 양이 어쩔 수 없이 줄었을 것이다. 밖에서 밥을 먹어야 하는 상황이 오면 내 친구들이, 내 동료들이 나를 배려해서 고기가 아닌 다른 음식을 함께 먹어준다. 나의 선택을 위해 내 주변 많은 사람들이 수고하고 있다. 그 따뜻한 배려로 나는 내 선택을 지켜나갈 수 있다. 나 한 사람의 변화가 세상에 얼마나 큰 영향을 미치겠느냐만 나의 선택으로 아주 조금은, 이 세상의 고기 소비량이 줄어들었을 것이라 믿는다.

고기를 먹지 않게 되면서 가장 큰 장점이 있다면 귀여움을 누리는 데에 떳떳해졌다는 것이다. 나는 이제 사랑스러운 모든 존재들의 생애를 온전히 사랑할 수 있다. 내 사진첩엔 이누·아리·두리 사진, 내가 보기에도 귀여운 남의 집 강아지 사진과 고양이, 너구리, 북극곰, 사자, 호랑이와 더불어 패딩 점퍼를 입고 있는 소, 푸들같이 부들부들한 긴 털을 가진 송아지까지 온갖 귀여움들이 들어차 있다.

호수처럼 말간 눈망울, 호기심 가득한 콧구멍과 윤기 나는 털. 소들의 모습을 마음껏 넉넉히 귀여워한다. 양심의 가책 없이 마음을 기울일 수 있는 것, 사랑할 수 있는 건 행복이다. 귀한 걸 귀하게 여길 수 있는 기쁨. 나는 이 행복을 더 많은 사람들이 넉넉히 누리길 바란다.

Chapter 22

우리가
인간으로서
해야 할 일

주의해 주세요

찍익~!

인간은 날카로운 이빨, 어마어마한 힘, 무시무시하게 빠른 속도를 가진 동물을 보고 "인간보다 낫다"라고 표현하지 않는다. 오히려 자기 새끼를 살뜰히 보살피는 부모, 자기 새끼도 아닌데 보듬어 키우는 어미, 가족을 위해 희생하는 리더, 무리 속에서 먹을 것을 나누고 서로의 온기로 서로를 품는 모습을 볼 때 "인간보다 낫다"라고 말한다.

인간다움은 무엇일까. 이것 하나만은 확실하다. 인간다움이 힘의 우월함이나 우위를 의미하지 않는다는 것. 인간다움을 충족하기 위해선 공감, 배려, 사랑, 희생, 동정, 의리 같은 지극히 인간적인 마음들이 필요하다.

우리는 인간 같은, 혹은 인간보다 나은 동물들의 아름다운 얘기만큼이나 인간성을 상실한, 인간이라 불러줄 수 없는 이들의 사연들도 자주 마주한다.

이를테면 온 맘을 다해 자신을 사랑해준 반려견을 학대하고 버리는 인간. 배변 실수를 한다, 시끄럽게 짖는다, 집을 어지른다, 문다, 털이 빠진다, 덩치가 지나치게 크다, 아파서 병원비가 많이

든다, 결혼했다, 이혼했다, 같이 키우던 애인과 헤어졌다, 아이가
생겼다, 이사를 간다, 일이 바빠졌다… 등 별별 핑계로 가족인 반
려견을 학대하고, 너무 쉽게 버리는 사람들.

강아지를 사랑하지 않거나 동물권에 관심이 없다고 하더라도
동물 학대와 관련된 사건을 외면하지 않길 바란다. 잔혹성이란
점차 습득되고 강화되는 것이다. 동물 학대가 결국 인간에게 해
를 입히는 강력 범죄로 이어진다는 통계는 굳이 언급하지 않겠
다. 하지만 우리는 모두 인간이니까, 인간의 존엄성을 귀히 여기
는 인간이라면 인간의 격을 훼손하는 모든 행위를 반대할 것이라
믿는다.

자신의 책임을 다하지 않고 모든 불편과 손해를 반려견의 탓
으로 돌리는 인간과 높은 장애물을 껑충 넘어서고 재빠르게 내
달릴 수 있는 튼튼한 다리를 가지고도 도망가지 않는, 뼈를 간식
으로 씹어 먹을 만큼 강한 이빨을 가지고도 인간을 물어뜯지 않
는 반려견. 어느 쪽을 더 '인간답다'고 말할 수 있을까. 인간을 믿

고, 사랑하고, 마음을 준 사랑스러운 존재들을 보호하고 지키는 일. 그 마음이 더 인간답다. 대부분의 사람들이 인간답게 살길 바랄 거라고, 나는 아직 인간을 믿는다. 인간다운 인간들의 생각과 마음이 모인다면 관심과 애정으로, 제도와 법으로 언젠간 동물을 학대할 수 없는, 마침내 동물 학대 따윈 없는 세상을 만들 수 있을 것이다.

반드시, 꼭! 귀여움은 지켜져야 한다! 이 세상 모든 귀여운 존재들을 위해서, 귀여움을 양분 삼아 행복해지는 인간들을 위해서라도 말이다.

Chapter 23

천국은
있어야만
합니다

천국에서 온 이모티콘

나는 매일 내가 믿는 신께 기도한다. 이누·아리·두리를 주셔서 감사하다고. 매일 밤 자기 전, 매일 아침 눈 뜨자마자 사랑이 그득그득 차올라 견디지 못하고 저절로 기도를 뱉게 되는 것이다.

나는 신이 나에게 이누·아리·두리를 보내신 이유를 생각한다. 나로 하여금 무한한 감사와 찬양을 받기 위해, 사랑이 무엇인지 알려주기 위해, 천국을 간절히 갈망하게 하기 위해 나에게 이누·아리·두리를 보내셨다고, 난 그렇게 믿는다.

자는 것, 숨 쉬는 것, 먹는 것, 싸는 것, 꿈틀대는 것, 칭얼대는 것, 조르는 것, 화내는 것, 불안해하는 것, 정말 모든 것. 별별 순간이 다 사랑스러워서 볼 때마다 사랑에 빠지고 있다.

질릴 때도 됐는데, 미운 구석이 보일 때도 됐는데 이 사랑은 일반적 사랑의 서사와는 그 진행 자체가 다르다(발단-전개-위기-절정-결말이 아니라 발단-절정-**초절정-극절정-열정**). 이 사랑은 시간이 갈수록 무한히 깊어지는 것이다.

나는 과연 이 존재들과 헤어질 수 있을까? 언젠가 다가올 마지막을 가늠할 때마다 아쉬워하는 순간조차도 아깝다. 한 번 더 쓰다듬고, 한 번 더 안는다. 나보다 먼저 갈 거라는 걸 알면서도, 언젠가 날 혼자 둘 거라는 걸 알면서도 계산도 없이 이미 마음을 다 줘버렸다. 예견된 아픔이지만 이 사랑의 값이라면 기꺼이 받아들일 수밖에 없다. 이별 후가 너무 아플까 봐 적당히 사랑하는 건 어차피 불가능한 일이다. 준 사랑보다 받은 사랑이 훨씬 더 많아서 괜찮을 것이다. 넉넉히 받은 사랑으로 나 자신을 아끼며, 하루하루를 감사한 마음으로 살아갈 것이다.

진정한 사랑을 경험해 본 이들은 안다. 누군가를 열렬히 사랑할 때 얼마나 많은 에너지가 소모되는지. 그렇게 매 순간, 매일, 일평생을 살라고 하면 아마 인간의 몸과 마음은 모두 다 타버릴지도 모를 일이다. 그래서 인간과 인간이 나누는 사랑은 처음과 끝이 같지 않다. 사랑 같은 건 어차피 호르몬이 하는 일이고, 감정과 열정의 영역이 아니라고 증명하듯 말이다. 영원히 변하지 않을 것 같던 뜨거운 사랑도 서서히 사그라든다. 그 덕분에 인간은 사랑도 하지만 동시에 일도 하고, 무언갈 성취하며 살아간다.

하지만 강아지들의 사랑은 다르다. 사랑하려고 이 세상에 태어난 것 같다. 사랑만이 목적인 것처럼, 오로지 사랑만 퍼주다 강아지들은 세상을 떠난다. 이렇게 무결한 존재들의 생이 왜 이다지도 짧은 거냐는 원망의 마음이 들지만, 한편으론 이해한다. 강아지가 인간만큼 살기엔 이 존재들이 사랑에 쏟는 에너지가 너무 큰 것이다. 무슨 꼬리를 저리도 흔드는가. 하루 종일 반려인만 쫓는 새까만 눈동자, 반려인의 아주 작은 속삭임에도 쫑긋하는 귀. 온몸이 사랑 덩어리다.

맥락 없이 사랑한다. 자신을 좋아하든, 좋아하지 않든, 하다못해 때리든 반려인을 향한 반려견의 사랑은 인간의 방식으론 이해할 수 없다. 먼저 사랑하고, 끝까지 사랑한다. 그렇게 사랑이 큰 존재들이라 먼저 쉬러 떠난다. 빨리 천국에 가야만 하는 것이다. 빈집에서 날 기다렸듯 아마 날 기다리고 있겠지. 여기쯤 왔을까, 저기쯤 왔을까, 하며 나의 한 걸음, 한 걸음을 다 헤아리고 있을 것이다. 이걸 할까 저걸 할까, 기대와 설렘에 찬 마음으로.

언젠가 이누·아리·두리가 먼저 떠나면 난 맑은 마음으로 살다가 밝은 마음으로 향할 것이다. 내가 사랑하는 이누·아리·두리가 기다릴 진짜 천국으로. 끝도 없이 사랑하고, 끝없이 함께할 수 있는 천국. 천국은 있을 것이고, 있어야만 한다.

사랑하는 이누·아리·두리야!

먼저 보낼 그날까지 최선을 다해 사랑하다가, 떠난 자리에서 그리워하며 사랑하다가 천국에서 만날 그날 새롭게 또 사랑할게. 처음부터 지금까지, 지금부터 영원까지 사랑해.

행복은
더 단단해지는
중이다

글과 그림이 어느 정도 완성되고 편집자님으로부터 에필로그
가 있으면 좋겠다는 얘기를 들었을 때, 꼭 쓰고 싶고, 담고 싶
었던 이 얘기들이 떠올랐다.

  이 책에 담긴 글과 그림은 처음 이누·아리·두리를 만났을 때
부터 초고를 완성한 시점까지의 이야기만 담겨 있으니까, 그
이후 생겨난 새로운 이야기, 그 사이의 변화를 말하고 싶었던
것이다. 초고를 쓸 당시, 아직 평생엄마, 아빠를 만나지 못했
던 아가 진도 오구는 엄마, 아빠가 생겼다(오구 아빠가 남편의 후
배라 자주 만나며 지낼 수 있다는 게 정말 행운이다). 잠깐 임시로 보
호해주는 엄마, 아빠가 아닌 영원한 사랑을 약속한 엄마, 아빠

로부터 온갖 관심과 사랑을 독차지하고 있는 오구는 어느덧 10kg 진돗개로 성장했다(곧 이누의 2배가 될 것 같다). 하지만 오구는 아직 만 1살도 채우지 못한 꼬마 강아지이기에 이누·아리·두리 형, 누나와 임보 엄마, 아빠였던 우리 부부를 만나면 아가 때처럼 애교를 부린다. 단단해진 몸과 탄탄해진 힘으로 묵직한 애교를 부리면 늘어난 무게만큼 더 귀엽고 사랑스럽다.

지금 생각하면 모든 게 다 기적 같고, 운명 같다. 오구가 우리 집에 처음 임보 온 날 우리 부부는 귀여운 오구를 온 세상 동네방네 자랑하고 싶어서 밤늦은 시간이었지만 인스타그램 라이브를 켰었다. 그때 쪼쪼쪼-, 소리를 내며 열심히 젖병의 분유를 빨아먹던 오구의 모습을 오구 엄마가 지켜보고 있었다고 한다. 강아지를 키워본 적도 없었던, 심지어 강아지를 무서워했던 오구 엄마는 얼마 후 오구를 만나러(청첩장을 전달하겠다는 명목도 있었지만) 우리 집에 왔다. 결혼을 한 달 남짓 앞두고 있던 미래의 엄마, 아빠에게 오구는 자신의 사랑스러움을 넘치도록 보여줬다. 그리고 두 달 후, 결혼식을 마치고, 신혼여행을 다녀온 오구 엄마, 아빠는 정식 엄마, 아빠가 되었다. 오구의

3~4개월 무렵에 정식 가족이 된 것이지만, 아주 아가 때부터의 모습과 성장 과정을 오구 엄마, 아빠가 가까이에서 지켜봐 왔다는 사실은 오구에게도 오구 엄마, 아빠에게도 참 다행한 일인 것 같다. 지켜봐 온 기간만큼 마음의 시작점이 다를 것이기 때문이다. 오구 엄마, 아빠는 오구에게 정말 진심이고, 열심이다. 먹는 거, 입는 거, 노는 거, 자는 거, 싸는 거…. 오구와 관련된 모든 것에 엄청난 관심과 사랑을 쏟으며 보살피고 있다. 뿐만 아니다. 우리가 다니던 트레이닝 센터를 단 한 주도 거르지 않고 꼬박꼬박 다니며, 겁도 호기심도 많은 오구를 최선을 다해 길러내고 있다. 그리고 오구의 전 엄마, 아빠(우리 부부)와 현 엄마, 아빠는 오구라는 매개체로 아주 가까운 사이가 되었다. 한 강아지를 사랑하는 두 가족. 오구 덕분에 우리 부부는 좋은 친구를 얻은 것이다.

뿐만 아니다. 우리 부부는 엄청난 용기를 얻었다. 다른 강아지에게 사나운 이누가 다른 강아지와 시간을 가지면 마음을 열고 친구로, 심지어 가족으로도 받아들일 수 있다는 사실을 알게 된 것이다. 그래서 우린 또 기회가 된다면 다른 강아지를 임보하겠다고, 또 다른 강아지를 기꺼이 사랑해 보겠다고 결심했다. 또한 우리 부부는 두리의 늠름한 면모를 새로이 발견하기도 했다. 동생을 지키는 카리스마, 안되는 걸 딱 잘라 안된다고 형 노릇을 하는 모습까지. 마냥 아기인 줄 알았던 두리의 또 다른 면을 본 것이다. 아리의 모성 본능과 '걱정병'이 오구에게도 발동되는 걸 보면서 아리가 품고 있는 커다란 사랑을 다시 한번 확인하기도 했다.

이누·아리·두리, 우리 가족은 계속 변화 중이다. 꾸준히 트레이닝 센터를 다닌 덕분에 이누·아리·두리는 전에 하지 못했던 새로운 기술을 연마하기도 했다. "매트!" 하고 말하면 엄마, 아빠가 깔아놓은 담요나 수건 위로 뛰어가 엎드린 후 클리커 소리가 날 때까지 혹은 "옳지!"라고 말할 때까지 기다린다(아직 완전하진 않지만 아마 책이 출간될 때쯤엔 완벽하게 성공하지 않을까?). 리쉬 줄을 끌어당기지 않는 것, 터널을 통과하는 것, 엄마가 던진 물건(장난감, 목줄, 수건, 인형, 공 같은 것)을 엄마가 가져오라는 곳까지 가져오는 것, 뒷걸음질 쳐 후진하는 법, 입질없이 다른 사람의 손길을 받아들이는 것, 사람을 믿고 기다리는 것. 많은 것들을 연습하고 있고, 처음보다 엄청나게 발전했다. 나는 이누·아리·두리가 무언갈 새로이 배울 때마다 가슴께가 뻐근해지는, 엄청난 무게의 감동을 느끼곤 한다. 이누·아리·두리가 어떤 명령이나 동작을 이해하고 그것을 실행하는 과정까지, 우리가 함께 연습하며 쌓은 시간이 우리 사이를 더 돈독하게 만들고 있다. 하나씩 하나씩, 우리가 쌓아 올린 노력들이 우리 사이를 단단하게 연결하고 있는 것이다.

사람 엄마, 아빠와 푸들 셋. 우리 가족은 같은 언어를 쓰지도, 비슷한 신체 구조를 가지고 있지도 않지만 어떻게든 서로를 더 많이 이해하고 더 깊이 사랑하기 위해 최선을 다하고 있다. 시간이 갈수록, 함께하는 시간이 쌓여갈수록 이 노력은 더 큰 결실, 더 큰 사랑이 될 것임을 믿어 의심치 않는다. 아마 이 책을 읽고 공감할 많은 반려 가족들도 책을 끝까지 읽는 그 길지 않은 시간 사이에 서로를 더 많이 사랑하게 됐을 것이다. 혹시 반려견이 없는, 예비 반려 가족들이 이 책을 읽었다면 하루빨리 반려견의 사랑을 경험해 보길, 반려견과 함께하는 어마어마한 행복과, 엄청난 변화를 직접 경험해 보길 바랄 뿐이다.

오늘도 쓰담쓰담

초판 1쇄	2022년 10월 12일

글	임윤정
그림	김성욱

발행인	유철상
편집장	홍은선
기획	윤소담
책임편집	김정민
디자인	노세희, 주인지
마케팅	조종삼
콘텐츠	강한나

펴낸곳	상상출판
출판등록	2009년 9월 22일(제305-2010-02호)
주소	서울특별시 성동구 뚝섬로17가길 48, 성수에이원센터 1205호(성수동2가)
전화	02-963-9891(편집), 070-7727-6853(마케팅)
팩스	02-963-9892
전자우편	sangsang9892@gmail.com
홈페이지	www.esangsang.co.kr
블로그	blog.naver.com/sangsang_pub
인쇄	다라니
종이	㈜월드페이퍼

ISBN 979-11-6782-103-4 (02810)
ⓒ2022 임윤정·김성욱

※ 가격은 뒤표지에 있습니다.
※ 이 책은 상상출판이 저작권자와의 계약에 따라 발행한 것이므로
　본사의 서면 허락 없이는 어떠한 형태나 수단으로도 이용하지 못합니다.
※ 잘못된 책은 구입하신 곳에서 바꿔 드립니다.